Süddeutsche Zeitung Bibliothek – München erlesen | **Herbert Achternbusch** – Die Olympiasiegerin • **Alfred Andersch** – Der Vater eines Mörders • **Friedrich Ani** – Süden und der Straßenbahntrinker • **Ernst Augustin** – Die Schule der Nackten • **Max Bronski** – München Blues • **Lena Christ** – Die Rumplhanni • **Lion Feuchtwanger** – Erfolg • **Oskar Maria Graf** – Wir sind Gefangene. Ein Bekenntnis • **Ödön von Horváth** – Der ewige Spießer • **Wolfgang Koeppen** – Tauben im Gras • **Annette Kolb** – Die Schaukel • **Walter Kolbenhoff** – Schellingstr. 48. Erfahrungen mit Deutschland • **Thomas Mann** – München leuchtete • **Andreas Neumeister** – Salz im Blut • **Gräfin Franziska zu Reventlow** – Herrn Dames Aufzeichnungen • **Josef Ruederer** – Das Erwachen • **Andrea Maria Schenkel** – Kalteis* • **Siegfried Sommer** – Und keiner weint mir nach • **Ludwig Thoma** – Münchnerinnen • **Uwe Timm** – Heißer Sommer • **Karl Valentin** – Die Jugendstreiche des Knaben Karl

Ausgewählt von der Feuilletonredaktion der Süddeutschen Zeitung | 2008

Süddeutsche Zeitung Bibliothek
München erlesen

* exklusiv für Bezieher der Gesamtedition, in dieser Ausgabe nicht als Einzelband erhältlich

Ernst Augustin

Die Schule der Nackten

Ernst Augustin

Die Schule der Nackten

Roman

Süddeutsche Zeitung Bibliothek

Bibliografische Information der Deutschen Nationalbibliothek
Die Deutsche Nationalbibliothek verzeichnet diese Publikation in der Deutschen Nationalbibliografie.
Detaillierte bibliografische Daten sind im Internet über http://dnb.d-nb.de abrufbar.

Der vorliegenden Ausgabe liegt die Textfassung der Originalausgabe des im Verlag C.H. Beck erschienenen Buches zugrunde.
Lizenzausgabe der Süddeutschen Zeitung GmbH, München für die Süddeutsche Zeitung Bibliothek 2008, München erlesen

Titelfoto: Niels P. Joergensen/SV-Bilderdienst
Autorenfoto: V. Derlath/SV-Bilderdienst
Klappentext: Dr. Harald Eggebrecht
Gestaltung: Eberhard Wolf
Grafik: Dennis Schmidt
Projektleitung: Dirk Rumberg
Produktmanagement: Sabine Sternagel
Satz: vmi, Manfred Zech
Herstellung: Hermann Weixler, Herbert Schiffers
Druck und Bindearbeiten: CPI – Ebner & Spiegel, Ulm
Printed in Germany
ISBN 978-3-86615-644-9

1

Es gibt dort eine Freizone, wo ich alles ablege. Alle Bindungen, alle erworbenen Eigenschaften, meinen Beruf, meinen Namen, meine gesamte Vergangenheit, auch Schuhe und Strümpfe, das Hemd mit dem Armani-Etikett, die Hose von «Bonard» und das gesamte Unterzeug. Ich gebe meine gehobene Stellung ab, den Schutz und den Schirm, den Anstand und die Begierde (denn die ist dort nicht angebracht), vor allem aber gebe ich meine Scham ab. Oder besser, die Schämigkeit.

München im schweren Sommer. Die Häuser dunkelgelb, die Kirchenplätze glühend, überall schwingen sich schwere Glockentöne von den Türmen, und da ist das Jakobi-Bad vor der Tür: Männer mit Bäuchen gehen dahin, Frauen in Flatterhosen, gehen hin und kehren nicht zurück, und wenn, dann nicht so, wie sie gekommen sind.

Es gibt dort eine Bretterwand, die sich von einem zum anderen Ende hinzieht. In der Mitte eine verstellte Lücke, eine Art Schleuse: Freikörpergelände, Zugang nur ohne Kleidung gestattet. Und das ist ernst gemeint, denn dieses ist eine ganz vordergründige Geschichte, jede vermeintliche Metapher ist ganz wörtlich zu nehmen. Das Ungeheuer, das hier das Haupt erhebt, hat wirklich goldene Augen! Ich meine, es hat goldene Augen.

*

Ein denkwürdiger Tag, als ich dort zum ersten Mal eintrat. Zu einer heißen Stunde am frühen Nachmittag, nachdem ich drei Stunden lang auf dem Rasen vor der Bretterwand gelegen hatte. Das heißt eine Stunde lang unvernünftig prall in der Sonne und dann zwei im Halbschatten bei anhaltender Hitze, während ich den Bäuchen und den Flattergewändern nachsah, wie sie in der ominösen Bretterschleuse verschwanden. Hier draußen erstreckte sich eine heitere Badelandschaft in Grün, Weiß und Blau über einen halben Kilometer. Blau wegen der fünf großen Badebecken voller Kinder und schöner junger Erwachsener, die allesamt ein brausendes Geräusch erzeugten, einen Pegel von gleichbleibender Dichte, einer Meeresbrandung nicht unähnlich. Dazu die Glocken, sich von Türmen schwingend, gelbe wogende Kornfelder irgendwo weiter draußen. München im schweren Sommer.

Die Stadt der Nackten!

Sicherlich nicht, man trägt hier ausnehmend schöne Badekleidung, hoch in den Weichen ausgeschnitten und freigegeben, aber auch wiederum nicht so sehr, elegant freizügig eben. Sicherlich, man hat von den Nackten in der Straßenbahnlinie 8 gehört, die sich im Wildwasser abwärts stürzen, welches – eine Eigenheit Münchens – unterirdisch unter der gesamten Stadt hindurchführt, erst im Englischen Garten durch ein Maul ins Freie tritt, wo es dann unter den Augen der japanischen Touristen unsere Nackten donnernd davonträgt. Aber das sind alles wilde Studenten, die so etwas unternehmen, und daß sie am Ende nackt und bloß in die Straßenbahn steigen, um wieder zum Maul hinaufzufahren, soll jetzt auch verboten sein. Ich weiß es nicht. Im Jakobi-Bad scheint es weitaus ziviler zuzugehen. Nahm ich an.

Das Schild an der Bretterwand irritierte mich allerdings. Wie sollte man dort hindurchgehen? Mit Badehose? Was ja verboten war. Oder sollte man sie vorher ablegen und nackt passieren, was offenkundig niemand tat. Männer mit riesigen Badehosen, entweder hoch über dem Bauch getragen, so daß gerade die Brustsäcke, oder wie man sie nennen sollte, herausschauten, oder aber unterhalb des Bauchs, was auch nicht besser aussah, gingen frei als XXXL hindurch. Und die Damen? Flatterten üppig im Wind, da war auch keine, die sich entledigte, ich habe das drei Stunden lang verfolgt.

Am Ende stand ich auf, um die Inschrift zu studieren. Sie war dauerhaft in Blech geprägt, schwarz und weiß: «Freikörpergelände», und darunter «Zugang nur ohne Kleidung gestattet.» Fast wäre ich mit einer Gruppe junger Männer hineingegangen (im Schwung mit hinein), fast! Sie waren alle voll bekleidet, Hemden, Hosen, Jacken, als ob sie dort eigentlich nichts zu suchen hätten, waren auch sehr laut. – Denkwürdig insofern, als es das erste Mal war, daß ich dort eintreten wollte.

Und dann doch nicht.

*

Das war am Montag. Am Dienstag war ich mit meinen chaldäisch-aramäischen Studien beschäftigt. Ein warmer, sogar heißer Dienstag war es, mit einem nahezu wolkenlosen Himmel, trotzdem hatte ich mich in meine Bibliothek im ersten Stock eingeschlossen, deren Fenster noch dazu nach Norden hinausgehen. Es war kühl hier drinnen, die lange Reihe der goldgepreßten Lederrücken, die ich mir zugelegt hatte – sechsundzwanzig Bände Pflugk-Hartung! – spiegelte das Licht der großen, grünen Sommerkugel wider. Ich gebe zu, es war wegen der Lederrücken, daß ich sie mir geleistet hatte, es hätte auch die gekürzte Ausgabe sein können oder die broschierte, aber ich leistete mir die sechsundzwanzigbändige. Vielleicht heute nicht mehr. Dazu den Wieland-Kroll, der steht in Weinrot und Moosgrün auf der anderen Seite, achtzehnbändig. Meine Studien haben mich über Jahre systematisch in die Denkungsart vorderasiatischer Kulturen sowie überhaupt frühgeschichtlicher Menschheitsperioden eingeführt. Ich erheische, mit einigem Realitätsbezug, wie ein Hethiter aus der Zeit Darius des Ersten denken zu können – und, wenn es darauf ankäme, zu handeln. Beachtliches Echo erzeugte meine '98 im «History-Sheffield» erschienene Abhandlung über Tempelprostitution im alten Ninife (genauer gesagt im «neuen» Ninife), in der ich die Stellung der Frau spezifiziere, welche von Staats wegen ausnahmslos – verheiratet oder nicht verheiratet – ein Jahr lang in den Lustparks der Tempelbezirke ihren Dienst zu verrichten hatte. Das zog einiges Echo nach sich. Ich meine, es war die Veröffentlichung, bekannt war es natürlich. So wie ich auch auf zwei meiner Arbeiten über den Tantrakult an der indischen Ostküste (wedische Zeit) verweisen kann. Ebenfalls im Rahmen meiner frühhistorischen Studien.

An diesem Tag schrieb ich anderthalb durchschnittlich gute Seiten eines Skripts «Die Kinder Sems», an dem ich seit vier Jahren arbeite und nachweise, daß das Hebräische, Aramäische und Arabische gemeinsamen Ursprungs im semitischen Sprachraum sind – beziehe mich auf die Genesis (Kap. 10), wo die Stammväter dieser Völkerschaften als Kinder des Sem, Sohn des Noah bezeichnet wurden. Alttestamentarisch. Vergleichbar mit dem sumerischen «Elam» – – aber ich möchte hier nicht zu weit gehen, kam auch nicht mehr weit an diesem sehr schönen Morgen. Zwei Seiten weit. Bis zwölf Uhr.

Dann ging ich ins Jakobi-Bad.

*

Es kam für mich selbst überraschend. Eben noch befand ich mich in der einen Welt, in der alles richtig war, die Rufe, das Geschrei, die Sonnenschirme, die Badehosen und die bleichen Ehefrauen, die von den Ballspielern gestört wurden, selbst die Fußballspieler waren richtig mit ihren sackartigen, viel zu weit herunterhängenden Fußballhosen. Und im nächsten Augenblick sehe ich mich mit der Baderolle unterm Arm zusammen mit einer soeben eingetroffenen Gruppe Schwergewichtiger oder auch Magerer – ich weiß es nicht mehr – dicht vor der Schleuse. Sehe mich in der Schleuse, aus zwei versetzten Bretterfronten bestehend. Sehe diese ungehobelten Bretter ganz nahe und – rutschte gleich mit durch.

Da stand ich – – – in totaler Stille.

Zweihundert Augen waren auf mich gerichtet. Ich zog sofort meine Hose herunter, gleich neben dem Eingang, stieg aus der Hose und behielt sie in der Hand, stand da mit nichts, nicht einmal einer Sonnenbräune bekleidet, und glaubte es eigentlich nicht.

Heute weiß ich, daß die zweihundert Augen völlig blicklos waren, da sie, gegen die Sonne gerichtet, mich, der ich mit der Sonne hereinkam, höchstens als Umriß wahrnahmen. Ich habe das später selbst ausprobiert, zum damaligen Zeitpunkt aber fühlte ich mich im Mittelpunkt des Gesamtgeschehens, seziert, analysiert, ausgeweidet und gevierteilt: Wenn es in diesem unserem Universum ein Zentrum, einen Brennpunkt, einen absoluten Fokus gegeben haben sollte, dann war es mein dort unten befindliches, einsam hängendes Genital.

Und das Ganze im Stehen.

Die Gruppe der Dicken und Mageren war längst weitergewandert, mitten ins Gelände hinein, wo sich ein großer, dicht belagerter Pool ausbreitete. Marschierte fröhlich und, wie ich feststellen mußte, weiterhin bekleidet zwischen den dicht bei dicht Liegenden einher – je näher zum Pool, desto dichter –, bis sie sich schließlich niederließen, zwischen den am Boden Liegenden verschwanden und ich die Wahrheit erkennen mußte: Der einzige nackte Mann, der hier stand, war ich selber.

Es gibt in der Münchner Glyptothek einen Hodenschreck, wie ich ihn immer genannt hatte, lebensgroß, hellenistisch, etwa 600 v. Chr., der hundert Schritt vom Eingang den unvorbereiteten Besucher mit gespreizten Beinen in einem Eckraum empfängt. Es ist, zugegeben, ein schönes Gemächt, ein großartiges Gemächt, das er da in weißem Marmor dem Besucher präsentiert. Aber eigentlich hatte er immer mein Mitgefühl geweckt, weil ihm nichts anderes übrig bleibt, in dem Eckraum, als es zu zeigen. Ob ihm das recht ist?

Jetzt wußte ich es. Irgendwie – wie, weiß ich nicht mehr – schaffte ich es, mich durch die Lücken der Liegenden zu drücken. Jemand sagte etwas, das ich aber nicht hörte, merkwürdigerweise war mir das Ganze aufs Gehör geschlagen, ich hörte auch keine Glocken mehr. Suchte mir einen stillen Platz in einer fernen grünen Ecke des Geländes, wo ich mich dann für den Rest des Tages nicht mehr rührte. Blickte nur noch auf Grashalme. Insgesamt aber erfüllte mich eine große Erleichterung, so als ob ich einer Lebensgefahr entronnen war – was ja auch stimmte.

In der Nacht in meinem kühlen Schlafzimmer schlief ich traumlos und völlig erschöpft. Erst am Morgen, kurz vor dem Aufwachen, träumte ich von dem Mann im Wald: Ein nackter Mann lief im Wald umher, der trug nicht nur einen irren Blick, sondern auch einen fußlangen Bart, den zog er sich zwischen den Beinen hindurch über seinen Hintern, um ihn dann vorne über dem Bauch zu verknoten. Was soll ich sagen, der Mann war komplett angezogen. Im Traum.

*

Aber der Mittwoch.

Am Mittwoch war alles anders. Gelassen durchschritt ich die Kassenschranke, schlenderte gelassen durch die Menge der Badeanzüge und Badehosen. Obwohl noch früher Vormittag, stand die Sonne schon gleißend hoch und versprach einen schönen Tag. Es wurde Boccia auf dem Rasen gespielt, Kinder liefen kreuz und quer, und da lagen sie, die Angezogenen, vor dem Bretterzaun, hatten ihre Badeausstattungen um sich ausgebreitet, ihre Eßkörbe, Sonnenöl und Sonnenhüte – und auch ihre Scheu vor dem Bretterzaun, die ich nachempfinden konnte, der ich hier durch die Angezogenen schritt. Leichthin. Die Wiese roch, irgendwo schwangen sich wieder Glocken, fernes Rauschen der Stadt.

So einfach war das.

Mein Eintritt gestaltete sich entsprechend undramatisch, fast neutral, und es dauerte einen Augenblick, bis ich den Grund erkannte: die Richtung. Jetzt in der Morgenstunde schien die Sonne aus einem fast hundertachtzig Grad versetzten Winkel, alle Füße, alle Beine wiesen von mir weg, alle Sonnenbrillen blickten sämtlich in Gegenrichtung. Während ich meine grüne Ecke aufsuchte, jawohl, wo ich mich ins Gras fallen ließ und (dann erst!) meine Kleider ablegte.

So einfach.

Ich habe mich dann mit dem Badetuch eingerichtet, mich im Liegen sorgfältig eingeölt, besonders Nase und alle hochliegenden Teile des Körpers. Habe sogar noch einmal das Badetuch verschoben – auch im Liegen –, da der Schatten eines Astes drauf lag, und nun herrschte erst einmal Ruhe, grüne Umgebung, nur ein paar weiße und braune Hügel, die über den Grashalmen zu sehen waren. Kein Stress, vor allem keine Nachbarn, nur Ruhe – – das heißt, neben mir, etwa zwölf Schritt entfernt, lag ein älterer Herr, der sich offenbar schwertat, seine Position zu finden, er kroch mehrfach von seinem Badetuch herunter, um es jeweils um vielleicht eine Armeslänge zu verschieben. Sonst aber Ruhe.

Ein etwas unsympathischer Herr, ich hatte Gelegenheit, ihn beim Kriechen genauer anzusehen, sein Genital hing schlaff herunter, bläulich. Überhaupt war der Mann kaum gebräunt, offenbar ein Neuankömmling wie ich, nicht daß er mir deshalb sympathischer wurde. Jetzt verschob er wieder sein Tuch – – und zwar in Richtung einer Dame, die in einiger Entfernung lag, nach meiner Berechnung etwa zwölf Armeslängen entfernt. Während ich nun selbst mein Badetuch verschieben mußte, weiter rechts zur Sonne hin, um dem relativ schnell wandernden Baumschatten Rechnung zu tragen. Es war aber klar, daß meine und seine Berechnungen nicht aufgehen konnten. Weil natürlich die Dame im Zuge der Wanderung schließlich ebenfalls weiterkriechen würde.

Immerhin sah ich seinen Fortschritt. Er gewann mit der Zeit drei Längen, eigentlich waren es vier, weil er eine Länge verdoppelte. Dann gab er erst einmal Ruhe, hatte ein Buch hervorgezogen und las. – Las möglicherweise wirklich, ich sah aber, daß seine Unterlage nach einiger Zeit trotzdem versetzt war.

Die Dame andererseits lag sehr zusammengerafft da, Arme eng am Körper, Beine fest verschlossen. Ich weiß nicht, ob sie die Bewegungen wahrnahm, jedenfalls rückte der Mann jetzt gleich einen ganzen Quadranten vor, gerechtfertigt durch den Schatten eines ganzen Holunderbusches, kroch sogar zweimal hin und her, bis er seine Habe überführt hatte, Schuhe und alles. Und als ich wieder zur Dame schaute, war ihr Platz leer, sie hatte sich offenbar im Liegen angezogen und war davongekrochen, nein, wir sahen sie aufrecht in einem Kittelkleid mit gekreuzten Trägern kurz vor dem Ausgang.

Während wir, er in Bauchlage, ich in Rückenlage, zurückblieben.

*

Es sollte aber noch am gleichen Nachmittag die ersten Schritte geben, keine große Affäre.

Weit hatte ich sowieso nicht gehen wollen. Nur um einen Blick auf die Uhrzeit zu werfen, die an einer bestimmten Stelle zwischen zwei Bäumen hindurch über dem Zaun sichtbar war. Also überhaupt kein Problem. Fühlte mich nur ein wenig luftig, als ich aufstand.

Wie gesagt, ein kurzer Weg, der mich an einer Familie mit zwei Kindern, einer einzelnen älteren Frau und einer Gruppe schokoladenbrauner Männer vorbeiführte, die locker herumstanden, eine Art Ballspiel mit einem Henkelkorb veranstalteten, aber damit aufhörten, als ich vorbeiging. Wobei ich mit einer gewissen Sorge ihre schlenkrigen Glieder betrachtete. Wie gesagt, es ging ganz gut. Obwohl ich nie zuvor so lange Beine gehabt und mich eigentlich auch nie so hoch befunden hatte. Stakte dahin, kühl im Schritt, ja, vielleicht zu dünn, oder auch zu dick, und dann lief mir auch noch ein Kind zwischen die Beine. Also gut.

Als ich mit der Uhrzeit zurückkehrte – es war vier Uhr –, wurde ich von dem Herrn neben mir schräg von unten gemustert, durfte dann beim Hinsetzen einen verstohlenen Blick auf mein eigenes Genital werfen, ob es zu sehr schlenkerte, oder was ich sonst noch befürchtete, aber da war das gar nicht so schlimm. Es war überhaupt nicht schlimm: Es war in der Aufregung zusammengeschnurrt.

*

Als Kind hatte ich mich immer sehr geschämt.

Genauer gesagt, ich war vor Scham erstickt, in der Turnstunde, beim Duschen. Wir hatten da einen Turnlehrer, der an den blinkenden Schalthebeln stand – ich sehe ihn noch heute hinter der Glasscheibe – und uns heiß-kalt-heiß mit Wechselduschen versorgte, während wir kleinen Maden hüpften und kreischten. Ich aber nicht. Ich stand ganz in der Ecke des – wie ich mich erinnere – hellgrau gefliesten Duschraumes und schämte mich zu Tode. Wußte nicht, sollte ich nun meinen winzigen Popo oder mein Dingelchen verbergen. «Er hat seinen Popo gezeigt, aber von vorn.»

Ich erinnere mich, daß ich eher einen entsetzlichen Hautausschlag entwickelte, als mitduschen zu müssen. Soviel zur Vorgeschichte, vielleicht fällt mir noch mehr ein.

*

Donnerstag.

Es schien ein weiterer ungebrochen blauer Badetag zu werden, an dem ich mich früh am Morgen in meiner Ecke einfand. Die eng beieinanderliegende Dame war schon da. Auch der unruhige Herr, mit einem Sonnenbrand, einem leuchtenden – er war insgesamt pinkrot und hatte sich, stark eingeölt, in den Baumschatten gelegt. Die Familie mit den Kindern fehlte auf ihrem Platz, dementsprechend bolzten die braunen Männer etwas weiträumiger bis zum Zaun hin, diesmal mit einem Ball. Ein ungebrochener, vor allem sehr heißer Tag, versprach es zu werden, so daß ich um zehn Uhr etwa beschloß, zum Schwimmbecken zu gehen.

Dazu ein kurzer Überblick: Das Gesamtterrain der Nacktbader war wohl hundert mal zweihundert Meter groß, vielleicht sogar größer, nicht genau rechteckig, hier oben an meinem Ende breiter, dann zum Schwimmbecken hin schmaler zulaufend, während dieses, quergelagert, fast ein ganzes Fünftel des Geländes am unteren Ende ausmachte.

Vom Eingang her betrachtet, in dessen Nähe ich mich befand, war der «Pool» ein ferner blauer Strich, einem Meereshorizont vergleichbar, der sich hinter dem weiten Feld der lagernden braunen Leiber erstreckte. Oder um den Vergleich noch weiter zu treiben, hinter einem Kampfgetümmel von Bäuchen, Brüsten und gewaltigen Hinterteilen erschien er als blaue Vision, als ein fernes «Thalatha, das zu erreichen manch antiker Held gefallen sein mochte», so sah das aus.

Ich bin nie ein körperlicher oder sportlicher Mensch gewesen, meiner Muskulatur fehlte, wenn man so will, immer das Selbstbewußtsein. Obwohl ich sogar ein paar Muskeln habe. Wenn ich den Unterarm drehe, springt dort über dem Ellenbogen eine beachtliche Kugel hervor, vielleicht weil ich ausschließlich mit der Hand schreibe. Und meine Oberschenkel sind sogar hart, das kommt vom ständigen Treppensteigen. Wenn sich die Schere im ersten Stock nicht findet, und am Ende ist sie doch im ersten Stock, oder der Korkenzieher oder die Abrechnung über den Stromverbrauch, die können sich schließlich im Keller anfinden. Die tägliche Beanspruchung.

Jawohl, mein schönes Haus in der Gudrunstraße macht schöne Beine. Ich führe auch sonst ein angenehmes Leben mit einer Menge guter Freunde, die mich schätzen und lieben, und ich verfüge über ein angenehmes Äußeres, das ich zu nutzen weiß. Im angezogenen Zustand jedenfalls. – Jetzt hebe ich die Schultern, nehme sie etwas zurück, strekke die Beine, strecke auch die Arme, und dann tue ich etwas, was ich nie für nötig befunden hatte: Ich ziehe den Bauch ein.

Es ist ein paar Jahre her, als ich in Ostia, im «Phämalion» die Alexander-Rüstung bewundern durfte, seinen Brustpanzer. Nun ist das möglicherweise eine Nachahmung aus römischer Zeit (um 40 v.Chr.), es ist nicht sicher, so wie ja die gesamte römische Antike sowieso eine Nachahmung der griechischen ist. Ich habe den Alexander-Mythos immer als einen kleinen Geschichtsfehler empfunden, jedenfalls in der Form, in der er angeboten wird, er ist sicherlich römischen Ursprungs, und das Jahr 320 v.Chr. sollte man besser durch 20 v.Chr. ersetzen (!). Nichtsdestoweniger benimmt es einem den Atem, nach über zweitausend Jahren die nachweislich wirkliche Statur des größten Mannes der antiken Geschichte vor sich zu sehen, denn es handelt sich um denselben Torso, den die Völkerschaften der damaligen Zeit zu sehen bekamen, also seinen leibhaftigen. Was immer darunter gesteckt haben mag.

Die beiden gewaltigen Quadrate der Brustmuskeln, die Deltas und Trapeze der Rückenmuskulatur sind scharf herausgearbeitet, massiv gewölbt, ohne den leisesten Ansatz von Fett. Dagegen steht ein feines Sägemuster der Zwischenrippenmuskeln beiderseits, während die kurzen und besonders die langen Bauchmuskeln neben und unterhalb des tiefangesetzten Nabels vollkommene Bretthärte suggerieren. Stark, männlich und ideal.

So ausgestattet, schritt Alexander durch die Phalanx seiner Feinde. Vergoldet, schimmernd in Elektron, die Schultern gehoben, Beine ausgestreckt, Bauch zurückgenommen. Es waren wohl nicht mehr als hundert Schritt zu gehen, aber welch hundert Schritt! Ganz vorn lag ein Liebespaar ausgebreitet auf zwei übergroßen Decken, dahinter ein Mann mit unreiner Haut und einem Buch «Die Katzelmacher», danach ein geräumigeres Dreieck, besetzt mit einer Großfamilie von zwei Frauen, drei Männern, einem Säugling im Korb und etlichen Kindern, die kurzdauernd den Zwischenraum versperrten. Danach ein dicker Mann mit entsetzlich aufgestellten Beinen, polierten Hoden, und, wenn die Anzeichen nicht trogen, Hämorrhoiden, danach zwei ältere Frauen, die finster blickten. Aber auch nur als Vorhut, sozusagen, denn jetzt wurde der Ring dichter. Zunächst lag da ein Weib im Wege – möchte ich sagen – halb auf der rechten Hüfte, mit Brüsten, wie lange Abhänger auf die Seite geschoben, sie hatte die Schenkel zur Toreinfahrt aufgestellt, auf dem Leopardentuch – Gott sei Dank nicht in meiner Blickrichtung. Wie, durchfuhr es mich, wenn ich jetzt eine Erektion bekäme, wenn mir etwas widerführe?

Ein Malheur?

Oh, ich vergaß, seine berühmte Rüstung reichte *nicht* bis zum Genital hinab. Dort trug Alexander – klar erkennbar auf dem Phämalion-Relief – eine große, goldgetriebene Sonne, ein köcherartiges Behältnis.

Immerhin mußte es in Betracht gezogen werden!

Jetzt versperrte aber eine unangenehme Gruppe den weiteren Durchgang, ein ganzer Verein, lauter bösartige, braungegerbte Männer mit dicken Bäuchen und offensichtlich angetrunken. Sie nahmen die ganze Breite ein, hatten allem Anschein nach die Biersaison eröffnet, ein Metallfäßchen stand auf einem Dreibein, und der Dunst war deutlich. «Herr Professor», jedenfalls hatten sie mich erkannt, oder jedenfalls ein besonders braun verlederter Teilnehmer, der sein Bier schwenkte. Wäre wahrschcinlich auf mich zugewankt, wenn er sich hätte erheben können. Für mich aber gab es zwei Möglichkeiten, entweder auszuweichen oder die Talsohle zu durchschreiten. Was ich denn auch tat, «bei Eläos», wobei ich auch noch auf einen leeren Teller trat. Oder war er gar nicht leer gewesen?

«Herr Browwesssor!!!» Mehr ein Bellen als menschlicher Laut. Es war aber, wie ich später bemerkte, Senf, der an meinem Fuß klebte. Was hätte mich danach noch schrekken können.

*

Sehr viel. An diesem Tag, an dem ich es unternahm, das Meer zu erreichen!

– – –

Ich erreichte die Zone der Einzelkämpfer.

Rückblickend darf ich sagen, daß ich Menschheiten durchschritt, deren Existenz mir bis dahin nicht bewußt war. Und wenn ich hier so stolz den Alexandermythos bemühe, so entspricht das vollkommen meinem damaligen Gefühl.

Es war nicht klein. Darf ich noch einmal die Örtlichkeit charakterisieren. Drei Ringe umschlossen das Schwimmbecken, ein äußerer lichterer, in dem Anfänger wie ich Platz fanden, ein mittlerer, wo bereits ein gewisses Gedränge herrschte, und dann gab es noch die «erste Reihe» im Jakobi-Bad, und man ahnt, was sie bedeutet.

Vorerst befand ich mich aber noch in einem mittleren Teil von, sagen wir, dreißig Schritt Durchmesser, und der war schon dicht genug gepackt – Männchen wie Weibchen – mit der Tendenz zu größerer Dichte, je näher zum Schwimmbecken. Dazu eine wesentliche Beobachtung: Die Damen hielten sich durchweg bedeckt, ich meine, sie waren nackt, aber sie hielten die Beine zusammen, lagen, saßen, hockten dezent oder relativ dezent auf ihren Badetüchern. Dagegen die Männer!

O mein Gott.

Da lagen sie, meine Brüder, alle in Drohhaltung, gespreizt ausgespreitet und bis zum Anschlag aufgeklappt. Hatten offenbar das Bestreben, alles, was sie besaßen, möglichst rot und roh vorzuführen, zumindest nichts zu verbergen – obwohl es sowieso nichts zu verbergen gab. Ich möchte das einmal grundsätzlich herausarbeiten, so wenig nackt die Weiber, so sehr nackt waren die Männer.

Und mit welch gewaltigen Unterschieden, in jeder Kategorie, groß, klein, krumm und gerade. Mir war klar, daß ich mich in Bayern befand, und da fällt schon auf, welche Sprache man hier spricht.

Sprich: Ungeheure Prügel sieht man hier, fürchterliche Hämmer, manche auch noch gebogen und mit dicken Adersträngen versehen. Ein solches Ding wanderte gerade an mir vorbei, und ich konnte nur schaudern. Ein schwerer Dialekt war das, blaurot und geschunden, schwer behaart. Aber es gab auch die ganz Nackten, bei denen ich mir nicht ganz im klaren war, ob sie sich nun rasierten – solche gab es auch – oder ob sie von Haus aus (hormonell) glatt waren. Jedenfalls glänzend und rosafarben.

Und noch etwas. Die Lage der Dinge. Die einen zeigten im Liegen nach unten zum Fußende hin, die anderen nach oben, wobei letztere die Tendenz hatten, seitlich wegzurollen, so daß ich ein ständiges Ordnen beobachtete, ein dauerndes Richten der Rohre, als ich durch die drohenden Reihen schritt, die alle auf mich gerichtet waren – sie waren es natürlich nicht, aber im Prinzip doch.

Vorhäute! Hatte man die Vision von Schießapparaten, so drängte sich andererseits der Vergleich von Kartuschen auf. Ein weiteres bedrohliches Kapitel. Ich weiß, ich hätte ja nicht hinzuschauen brauchen, aber zwangsmäßig sah ich überall lange Zipfel herunterhängen, unnötige Länge vortäuschend, oder auch ganz lange, in denen anscheinend gar nichts enthalten war. Und als Gegenstück sah ich dann die knappen, die kaum die Eichel bedeckenden, die ganz knappen Vorhäute, die man hätte zurechtziehen müssen (auf die rote Eichel). Oder gar keine. Von dieser Sorte zählte ich vier.

*

Zipfelmänner, Eichelmänner, Dialektmänner, Oben- und Untenliegende, Glänzende und Stumpfe. Daß Alexander schließlich doch noch das rettende Naß erreichte, ist schon fast ein Wunder zu nennen, der Geschichtsschreibung zufolge hat er sich mit dem Ausruf «Thalatta, Thalatta» kopfüber in die Fluten gestürzt. Als Vereinigung und Vermählung mit dem Element.

Soweit es geschrieben steht. Vorher allerdings war noch das letzte Bollwerk zu überwinden, der innerste Ring, die unbezwingliche Gürtelzone direkt am Schwimmbecken. Hier war kein Fußbreit frei gewesen, hier lagen die Badematten dicht bei dicht, Naht an Naht, streng mit dem Fußende zum «Pool» hin ausgerichtet. Hier hatten anscheinend vom frühesten Morgen an gnadenlose Kämpfe stattgefunden. Und nur die Besten – wehe euch –, nur die Härtesten, Erfahrensten, die bis auf die Knochen braun Verlederten hatten sich hier behaupten können. Ich sah Gestalten, wie sie nur in den Alpträumen von Freizeitanimationen erscheinen, Gesichter wie Streitwagen mit tiefen Löchern in den

Wangen, Nasen wie Lanzen, Kinnladen wie Äxte, und das Ganze zu heißem Dörrfleisch verarbeitet. Ich sah Junge mit den Ackerfurchen der Uralten, und Alte, die bereits zu Präparaten geworden waren. Ich sah die ganze tiefgebräunte Phalanx.

Die stählerne Reihe.

Vielleicht, daß es tatsächlich irgendwo einen Zugang zum Wasser gegeben hatte, den ich nur nicht entdecken konnte, ich weiß es nicht – das heißt, heute weiß ich es –, aber damals, so dicht vor dem Ziel, so nahe dem Erstrebten, machte ich mich eines furchtbaren Übergriffs schuldig (beging ich ein Verbrechen): Ich trat auf ein Badetuch, es war ein grauweißgrünes, darstellend einen Delphin. Wohlgemerkt nur auf den äußersten Rand trat ich, und es war ein sehr großes Badetuch – der Mann hätte ja auch ein kleineres hinlegen können. Jedenfalls werde ich den Ausdruck äußersten Unglaubens, ja Entsetzens nie vergessen, das weißgeränderte Auge, es war nur eines zu sehen, der Mann lag auf dem Bauch. Auge eines sterbenden Pferdes. Darauf konnte ich aber, überm Wasser balancierend, leider keine Rücksicht mehr nehmen.

Und dann: Halloh!

Herrgott, ahhh, die Kühle, die Erlösung, die ungeheure Entspannung. Hallohhh!! Das Wasser war wunderbar hellblau und seidig, ein Luxus allerersten Ranges, und es umspülte, umhüllte meine Glieder, meinen untrainierten Brustkorb bis zum Hals. Halllohhhh!!!

Ich sagte: «Was?»

«Haben Sie keine Ohren! Sie plantschen mir die ganze Zeitung voll!»

Da hatte er recht, ich hatte ihm die ganze Zeitung vollgeplantscht, war jedoch viel zu glücklich, um jetzt noch auf irgendwelche Gefühle oder Regungen oder Ansprüche irgendwelcher Art Rücksicht zu nehmen. Da konnte ich auch einmal grausam sein.

*

Am Abend, vor dem Spiegel, sah ich knallrot aus. In dem späten Licht, das vom Westen her glühend im Fenster lag. Besonders knallrot die Rückseite, ich hatte mir einen riesigen Sonnenbrand zugezogen.

2

München ist eine exotische Stadt. Dem Reisenden, der, aus dem Zug steigend, den ersten Atemzug tut, wird es wie Seefahrern früherer Zeit ergehen, die den fremden Kontinent noch nicht sehen, aber bereits riechen konnten. Es ist das unvergleichliche Gemisch von gekochtem Kraut, Wurstwasser, Rettich und feuchtem Loden. Und von Bier natürlich, das unterirdisch in riesigen Fässern gelagert wird. Gelegentlich in großen Mengen fließt. Es sind aber noch weitaus subtilere Beimengungen enthalten, die fleißigen Gerüche, die aus dem Untergrund heraufstreichen. Die Back- und Selchgerüche, die Leder-, Schneider-, Friseurgerüche, Theatergerüche. Es riecht stark nach den Gemüsekellern, wo die Knollen, Wurzeln und Rüben verkauft werden zusammen mit den – das ist auch eine Eigenheit – einhundert Käsesorten aus dem benachbarten Allgäu (große Wagenräder).

München hat sein eigenes Klima, warm, etwas scharf und sehr mittelalterlich, welches daher rührt, daß die gesamte Stadt durchgehend auf Gewölben aufgebaut ist, auf einer unterirdischen Ebene von Hohlräumen. Klafterdick gemauerte Pfeiler tragen Kirchen, Torbögen, Frauentürme, Rathäuser, auch die Bierhäuser, die bezeichnenderweise Bierkeller heißen, obwohl sie sich oben befinden. Die Pfeiler selbst sind so breit und stehen so dicht, daß bisweilen nur einzelne Personen zwischen ihnen hindurchgehen können, weshalb das ganze Viertel der «Oanser» heißt, besetzt mit engen Zeitungsständen und Tabakläden, während sich andernorts auch wieder ganze Hallen mit hohen Decken auftun, ganze Märkte, ganze Eßstraßen, Feststädte.

Im Winter ist es warm hier unten, herunten, so daß die Leute mit aufgeknöpftem Hemd herumlaufen, im Sommer aber luftig kühl, und das rührt vom rechten Isararm her, der noch eine Etage tiefer unter der Innenstadt vom Isartor bis zum Donisl fließt, hier für doppelte Kühle sorgend. Angenehm für jemanden, der einen Sonnenbrand mit sich herumträgt. So wie ich an diesem Morgen.

Saß hier vor meinem Bier und litt.

Ja, da war es wohl nichts mit dem Badengehen. Am Morgen, als ich aufwachte, hatte ich sofort den sandigen Schmerz auf Schultern und Rücken gespürt. Hatte sowieso schlecht geschlafen, mit einem Reibeisen anscheinend, das sich irgendwo im Bett befand, beim Aufwachen merkte ich dann, wo.

Jetzt ging ich äußerst vorsichtig mit mir um, trug ein ganz leichtes Seidenhemd, das auf der Haut fast nicht vorhanden war und trotzdem kratzte, drei Tage lang. War aber nicht unproduktiv während dieser drei Tage, ich schrieb fast ein ganzes Kapitel meiner «Kinder Sems» und lernte, sie bei dem ausgesprochen schönen Wetter, das draußen herrschte, von Herzen hassen.

*

Aber am vierten Tag schien die Sonne immer noch, und wir sollten wohl einem Jahrhundertsommer entgegengehen. – Im Jakobi-Bad bezog ich einen sicheren Platz im Schatten eines großen Holunderbusches weiter hinten im Gelände, hatte ihn so berechnet, daß die Sonne auf ihrem Halbkreis erst am späten Nachmittag auf mich treffen würde. Verhielt mich insofern vernünftig, zudem ich hier ein gutes Beobachtungsfeld vor mir hatte.

Ich war während meines Krankenlagers den vielfältigsten Vorstellungen erlegen, wie es geschieht, wenn die Physis gezwungenermaßen untätig ist: Man versteht, Vorstellungen bizarrer Art, die aber mein Denken herausforderten. Ich will nicht drum herumreden: Es handelte sich um Erektionen während des Krankenlagers, stimuliert möglicherweise durch das vermehrte Hitzegefühl. Wie ist es möglich, hatte ich mich gefragt, daß ein moderner Mensch in unserem Zeitalter, ausgestattet mit einem Arsenal von Bildung, Disziplin und was weiß ich für übergeordneten Fähigkeiten, daß er diesem Mechanismus völlig ausgeliefert ist. Jeder Steuerung unfähig. Gerade eben, daß ein paar Viagras erfunden wurden, und auch die nur durch Zufall.

So fühlte ich mich gewissermaßen auf Grund meiner neuerlichen Erfahrungen als – – ja, als Wissenschaftler gefordert, daß ich nun den Badebetrieb nach meiner erzwungenen Pause mit etwas anderen Augen sah. Zum Beispiel lag da nicht weit von meinem Standpunkt ein junges Paar im Gebüsch. Geschützt, doch nicht vollends verborgen – jedenfalls einsehbar –, wobei der glückliche, oder soll ich sagen, unglückliche junge Mann anscheinend einige Mühe hatte, seine Zuneigung zur Angebeteten einigermaßen im Zaum zu halten. Bitte das jetzt zu verstehen, ich war keineswegs voyeuristisch interessiert, nahm allerdings das sachte Größerwerden und, nach einem Ruck, Kleinerwerden des Organs zur Kenntnis. Um dann, nach einer Pause, wieder größer zu werden. Das Organ. Dabei befanden sich die beiden nur im Gespräch, nur ruhend, allenfalls mit leiser Seitenberührung, und es handelte sich auch nicht um ein Hochstehen, nur um leises Schwellen. Und Abschwellen. – Währenddessen die junge Dame eigentlich unbeteiligt, jedenfalls nicht sichtbar beteiligt daneben lag.

«Es ist», erklärte ich meinem Nachbarn zur Linken, «eine fast unfaire Einrichtung, mit der wir ausgestattet sind.»

Ich vergaß, neben mir, ebenfalls im Schatten, lag ein netter gebildeter Herr. Das heißt, ich kannte seinen Bildungsgrad nicht, er war aber zumindest etwas Besseres, wenn man so etwas heutzutage noch sagen darf, aber er war es: ein bemerkenswert gepflegter rosiger Herr mit kleinen ovalen goldgefaßten Brillengläsern und einer Zeitung unter dem Arm. Nicht ganz klar war mir, was ihn auf das Nacktgelände verschlagen hatte, doch bewegte er sich mit gebührender Sicherheit, so als ob es sich durchaus mit seiner Position vertrug. Er war gut mittelgroß, aber zart, und er hatte ein bemerkenswert kleines Geschlechtsorgan, das wie ein Puppenkännchen aussah, von einem spärlichen Kranz offenbar noch nie geschnittener blonder Haare umgeben. Jedenfalls schien man mit ihm ein Wort reden zu können.

«Der Mann ist ein benachteiligtes Wesen», erklärte ich, «insbesondere auf dem Freigelände, entschieden benachteiligt sogar, da er seine Gefühle offen zur Schau trägt. Tragen muß! Wie Sie zugeben werden, entschuldigen Sie, wenn ich so persönlich werde. Er muß sein Innerstes, seine Potenz, seine Existenz auf geradezu sträfliche Weise vor sich hertragen – – – für jedermann ersichtlich.»

Hier legte ich eine wirkungsvolle Pause ein.

«Womit ich eben seine *Existenz* meine, um mich ganz klar auszudrücken, die jetzige, hiesige, die augenblickliche, die hier stattfindet: Der Mann hat einen Ständer!»

Wenn Sie wissen, was ich meine. Wieder eine Pause.

«Der Mann spielt mit offenen Karten! Im Poker der Geschlechter dem anderen Geschlecht völlig preisgegeben! Und dieses, das andere, wie lohnt es die Offenheit? Es gibt nichts preis! Keinen Fatz, nicht wahr, kein Nichts, kein Garnichts, hält sich schnippisch bedeckt, so daß man wirklich nicht weiß, ob die Dame überhaupt anwesend ist. – Dagegen unsereiner, herrje...«

«Unsereiner», nickte der nette Herr.

«... ist dem Zugriff voll ausgeliefert. Sehen Sie sich doch das einmal an», ich wies auf eine in diesem Moment vorübergehende durchaus nicht üppige, eher magere Dame, die aber über einen extrem großen Venushügel verfügte, so extrem, daß er wie eine eigenständige Kugel aufsaß, «ja, fast wie eine Kampfansage», stellte ich fest, «was aber bewirkt es bei Ihnen, mein Herr, und zwar jetzt, in diesem Augenblick. Sagen Sie es mir!»

Er blickte an sich herunter. Wir blickten beide an uns herunter.

«Sehen Sie», sagte ich, «das ist die Misere, unsereiner kann nichts verbergen, keine Neigung, keine Abneigung, ich meine, Sie sind doch ein gebildeter Mensch, mit Ihnen kann man doch über so etwas reden: Es ist wie ein Krieg, der mit ungleichen Waffen ausgetragen wird.»

So lange, bis die Dame mit ihrem Venushügel in der Menge verschwunden war.

«Aber kehren wir doch zu unserem Gegenstand zurück,» sagte ich, «wir wollen uns nichts vormachen, es gibt ja auch die umgekehrte Situation, die auch noch eintreten kann, so daß man sich wiederum in der genauen Gegenrichtung schämen müßte. Nehmen wir an, Sie steigen stolz aus dem Pool, Sie sind wie ein Held geschwommen, das Wasser perlt ab, Sie machen eine gute Figur, strecken sich, recken sich – – – und da ist er Ihnen zusammengeschnurrt: Nur noch ein Häpfelchen, eine kleine Nuß, das Wasser war zu kalt.»

Nun war das vielleicht kein Thema für den Herrn mit dem Gießkännchen, aber ich war nun mal in Schwung und nicht so leicht zu bremsen.

«Es mag ja nicht nur das Wasser sein, das zu kalt ist», rief ich aus, «es gibt ja auch andere Pleiten, die auch verdammt abkühlen, nicht wahr, schlechte Börsengänge, Ärger mit Lieselotte (wer ist Lieselotte), vorübergehende Unpäßlichkeiten, oder denken Sie an den Erfolgsdruck. Allein der Gedanke, daß eine Schrumpfung stattfinden könnte, kann eine Schrumpfung bewirken. Der bloße Gedanke allein.»

Und was soll ich sagen, als wir an uns herunterblickten, war uns «der bloße Gedanke allein» tatsächlich ein wenig aufs Genital geschlagen. Auch kamen gerade in diesem Augenblick zwei stolze hochgewachsene Männer vorüber. Beide im Verein ihre privaten Teile schwingend, im Gleichschritt, beide in den frühen Dreißigern und sehr gut aussehend. Woraufhin wir, mein Nachbar und ich, längere Zeit schwiegen.

«Sind Sie Historiker?»

«Ich bin Althistoriker», erklärte ich, «oder Frühhistoriker, wenn Sie so wollen, Spezialgebiet vorderasiatische Frühkulturen.» Im allgemeinen vermeide ich es, von

Titeln Gebrauch zu machen, aber er hatte ja danach gefragt: Iranologe, Sumerologe, Ishtarologe, Indologe, Tantrologe – aber kein Archäologe, wenn er das meinte, ich hantiere nicht mit Pinsel und Bürste, ich grabe nichts aus.

«Das erklärt es», sagte er.

3

Vielleicht, daß es wirklich einiges erklärte:

Ich betrachtete mich selbst in einer Art Entwicklung begriffen. Meine ersten Schritte als Säugling hatte ich auf dem Freigelände absolviert, ich war herangewachsen, hatte mir sogar etwas Farbe zugelegt, fühlte mich eine Woche nach meinem Sonnenbrand körperlich wohl, locker und gut eingeölt. Warum sollte ich nicht allmählich einen Platz unter den Erwachsenen einnehmen – in den vorderen Reihen am Pool, dort wo es zählt. Und schneide hiermit ein ganz wichtiges Kapitel im Badebetrieb an: Das der Territorien.

An diesem Morgen war ich ganz früh, früher als sonst, um halb neun eingetroffen, als wie zu erwarten noch genügend Plätze am Pool zur Verfügung standen, und machte mich kurz entschlossen mit einem neuen dicken Tuch auf dem Beton breit. Ja, ich hatte mir tagszuvor ein extradickes Badetuch gekauft, damit ich nicht zu hart lag. Und wenn ich sage Beton, dann stimmte das nicht ganz, es lief ein zwei Meter breiter, mit weißem gummiartigem Kunststoff beschichteter Streifen um das Becken herum.

Ein leichter Wind wehte, der Geruch von Sonnenmilch. Hier an der «blauen Küste» herrschte reges, wenn ich so sagen darf, fast maritimes Leben, ein Ozeangefühl in der Morgenbrise. Ja, wenn man wollte, dann sah die jenseitige blaue Linie des Pools einer Kimme zum Verwechseln ähnlich. Junge hübsche Schnellsegler gingen dort flink vor Anker, solange noch Platz war, stromlinienförmige Fregatten segelten herein, hochblondiert und sorgfältig gebräunt. Es kamen Lastensegler und absolute Schlachtschiffe, männlichen wie weiblichen Geschlechts, aber meist männlichen, dröhnend und humorvoll auf bayerisch. Aber es traf auch eine feindliche Schaluppe ein, wie sie eigentlich nur sonntags auftauchte, erkennbar am schneeweißen Hinterteil – wir hegen dafür nur Verachtung, unlautere Kunden nennen wir sie. Wer weiß, was er hier suchte (noch dazu in der ersten Reihe).

Langsam füllte sich das Gelände, und es war interessant anzusehen, wie die Bereiche abgesteckt wurden. Manche belegten gleich zwei, drei Positionen, manche sogar an mehreren Orten am Pool zugleich, und da war es dann interessant, wie sie den in der Morgenbrise davonstrebenden Badetüchern hinterherhüpften – eines schwamm bereits als pinkfarbene Qualle im Wasser.

Den Platz rechts neben mir behauptete eine Dame auf einem dunkelroten, mit übergroßen Trompeten dekorierten Badetuch. War mir sofort aufgefallen. Das Tuch. Mein Abstand zu ihr, beziehungsweise zu ihrem Tuch betrug etwa anderthalb Tuchbreite, was als ideal anzusehen war, jedenfalls für die vordere Reihe – der geduldete Mindestabstand beträgt eine ganze Tuchbreite, sechzig Zentimeter –, zu meinem linken Nachbarn waren es sogar zwei. Ich spreche hier natürlich nicht von Vorschriften, sondern von der Duldung, diese Erfahrung wird der Neuling sehr bald machen. Vielleicht kulturell bedingt, eine nicht ganz erklärbare Übereinkunft, denn drüben bei den Angezogenen konnte ein Mindestabstand weit geringer sein, wie man bei großem Andrang gesehen hat. Hier allerdings auch.

Die Dame neben mir las ein Buch. Sie war schlank, gepflegt, nicht groß, nicht klein, soweit ich das im Liegen beurteilen konnte, mit einer braunen Haarfrisur versehen, einer Art Dutt in einer Netzhülle. Das Buch hieß ..., sie hielt es in meiner Richtung etwas hochgeklappt ... irgend etwas mit Bronsel oder Bronsol. Als ich diesen schnellen und spöttischen Blick wahrnahm, den mir die Dame zuwarf. Wahrscheinlich, weil ich meinen Kopf zu deutlich in die Buchebene gebracht hatte, was man eben nicht tut: Man liest nicht anderer Leute Lektüre, nackt schon gar nicht. Danach konnte ich aber keinen weiteren diesbezüglichen Spott mehr verzeichnen.

Bis, ja bis dieser Mensch kam und sich neben mich legte. Links neben mich. Ich erwähnte bereits, daß ich da links zwei Tuchbreiten Abstand innehielt, was automatisch bedeutete, daß sich nach bestehendem Recht niemand mehr dazwischenlegen konnte, und nun kam dieser Mensch. Ich hatte gar nichts gegen ihn, er tat mir auch nichts, lag nur da, ein stiller dösender Mensch, der hier nach einer erschöpfend heißen Woche nur seine Ruhe haben wollte. Aber er brachte eben sein fürchterlich weißes Hinterteil mit, und er hatte auch einen leichten Stockgeruch (nach der langen heißen Woche), der zu mir herüberkam. Ich stand auf.

Verletzte Gefühle oder nicht.

Stand auf, maß den Abstand und rückte mein Badetuch eine halbe Breite von ihm weg zur Dame hin, unter einem spöttischen, von unten zugesandten Blick, und dann noch eine Viertelbreite, das war nun nicht zu vermeiden. Was soll ich sagen, der Mann rückte nach.

Gottsdonner!

Man kann sich gut vorstellen, daß ich kurz davor war, etwas höchst Unbedachtes zu sagen: Hauen Sie ab, Sie Mensch, Sie Kakerlake, bleiben Sie mir vom Leibe, oder ähnliches, um mir den gesamten Tag zu verderben. Während ich von schräg, vom Buch her einen Blick empfing. Spöttisch? Ja, er war wohl spöttisch. Das Buch übrigens hieß «Sternthaler» von Anselm Bonsels, soweit ich einsehen konnte.

Dann stand der Mann, der Mensch, auf, um ins Wasser zu steigen, und als er naß zurückkam, ordnete er sein Tuch, zog es zurecht, breitete es neu, diesmal noch näher an mich heran. Also gut, der Mann mochte seinen Grund haben, vielleicht war ihm seinerseits der Nachbar zur Rechten zuwider. Mir jedoch blieb nichts anderes übrig, als mich der schönen Dame weiterhin anzunähern, das tat mir nun auch leid, da war nichts zu machen.

«Es ist ein Soziotop, das hier stattfindet», sagte ich zu ihr beiläufig, «der Mindestabstand, der einen intakten persönlichen Bereich garantiert, oder, wenn Sie wollen, ein intaktes Heim.»

Erntete dafür einen spöttischen Blick. Mitte Vierzig? Ja, in den Vierzigern mochte sie wohl sein. Schön geschwungene Augenbrauen und ganz kleine Ohren. Und sie las ein Buch, das ich zwar nicht kannte, das aber in ihren Händen Empfindsamkeit verriet – oder sagen wir, die Tatsache, daß heutzutage überhaupt jemand ein Buch zur Hand nimmt, reichte dazu ja schon aus.

«Und dieser hier», ich maß den Zwischenraum zwischen unseren Tüchern mit zwei Handspannen ab, «ist eindeutig unterschritten. Darf ich mich übrigens vorstellen ...«

Sie sah mich spöttisch an.

*

Aber am Montag hatte sie mir einen Platz freigehalten. Ich hätte, als ich um halb zehn eintraf, vielleicht noch anderweitig Platz gefunden, aber da zog sie, als ich vorbeiging, das zweite Tuch neben sich beiseite, um mich einzuladen. Mit einer entsprechenden spöttischen – – nein, nicht so sehr spöttischen Geste. Ich meine, es kostete ja nichts. Aber am Dienstag und auch am Mittwoch, und dann noch am Donnerstag und Freitag zog sie immer noch das Tuch weg. Jeden Morgen nur für mich.

Ich hatte einen festen Platz.

Im Grunde bin ich ein höchst bürgerlicher Mensch, mache mir da gar nichts vor. Ich bin überhaupt nicht frivol, hatte hier im Freibad keineswegs alles abgelegt, weder meine Bindungen, meine Eigenschaften noch Beruf oder Namen – hatte mich bei dieser Gelegenheit der Dame in aller Form vorgestellt –, allenfalls Schuh und Strümpfe, das Hemd von Armani und die Hose von Bonard, die mag ich ja abgelegt haben. Bin trotzdem noch ein angezogener Mensch.

Als ich zwölf war und mit Freund Charlie die Welt erkundete, hatte er mich einmal in die Ungeheuerlichkeit von Nacktklubs eingeweiht. Irgendein verbotenes Buch aus dem Bücherschrank seines Vaters, «Mit der Kraft der Affendrüsen», oder so etwas, den Titel habe ich vergessen. Es schilderte ein elegantes Haus, mit Buffet, Empfangshalle und Wintergarten, wo sich eine gehobene, vor allem vorurteilsfreie Gesellschaftsklasse traf. Herren und Damen mit dem Sektglas in der Hand und sonst gar nichts. Wo der junge strebsame Fabrikantensohn erstmals der schönen Frau Bankdirektor vorgestellt wird und dabei eine ... eine was?

Ja, es gebe eben nur zwei Möglichkeiten, führte mein Freund Charlie aus, entweder er bekäme einen Ständer, dann wäre das ziemlich peinlich, denn wie stünde der junge Mann dann da! Mit dem Glas Sekt in der Hand.

Oder aber er bekäme keinen.

Dann sei das ziemlich unhöflich gegen die Frau Bankdirektor, wenn nicht sogar beleidigend, dokumentiere der junge Mann doch unmißverständlich, daß er sie reizlos findet. Und wie stünde er dann da!

Wollte Charlie wissen. Ich meine, er wollte es ernsthaft wissen, dieses Thema lag ihm am Herzen, und ich konnte nur staunen. Hätte mir damals jemand weismachen wollen, daß mir einst eine splitternackte Dame jeden Morgen einen Badeplatz freihalten würde, und zwar gesellschaftlich korrekt und ganz nebenher – ich hätte gesagt: Da hat jemand einmal mehr gelogen (Charlie).

*

Ich bin in geordnete Verhältnisse hineingeboren und entsprechend beerbt worden, ich habe nichts auszuhalten. Mein Geschlechtsleben ist völlig normal, wenn auch nicht gerade prunkvoll, aber das war ja auch nicht zu erwarten. Mein eigentlicher und sehnlicher Wunsch, Architekt zu werden, wurde mir von den Eltern frühzeitig ausgeredet, weil zu unsicher, und daß ich dann Historiker wurde, geschah auch nicht ganz ohne ihre Mißbilligung – da ebenfalls mit unsicherer Existenz verbunden. Insbesondere, wenn sich der Historiker hartnäckig jeder Lehrtätigkeit fernhält und in obskure phönizisch-indisch-persisch-hellenistische Gefilde abtaucht! Ich darf aber sagen, daß mein Name Leuten in Fachkreisen nicht unbekannt ist. Ich veröffentliche in der «Philologie», im «Mundus», sogar im «Time Life» und im «Historical Digest». Mein Aramäisch ist nicht das beste, gebe ich zu, doch glaube ich, daß ich der einzige bin in Oberbayern, der es spricht. Jedenfalls erhebe ich keinen großen Anspruch, wie etwa mein lieber Widersacher Professor Homme, der sich für wer weiß wie kompetent hält. Na ja, Einzelheiten.

Ich habe mir mit meinen sechzig Jahren eine Schale zugelegt, in der ich mich wohl fühle – obwohl ich allenfalls Anfang fünfzig zugeben würde. Mein Haus, meine Bedürfnisse, die Art, wie ich mit Menschen umgehe, mein Beruf, meine Sammelobjekte sind alle Teil dieser Schale, die ich auf meine Weise stilisiert habe. Eben auch hinsichtlich meiner Lebensgefährtin Lisa, oder ehemaligen Lebensgefährtin, wie ich leider sagen muß. Diese elegante, vor allem gütig schöne Dame hatte eines Tages genug von mir und meiner Stilisierung und zog drei Häuser weiter, wo sie heute noch wohnt. Ja, ja, ich kenne noch ihren Namen, aber merkwürdigerweise sehe ich sie nicht mehr, es ist schon eine Weile her.

Eine kleine Arroganz, ich gebe es zu.

Was meine Moral angeht, hielt ich mich eigentlich immer für zeitgemäß intakt, lasse mich aber gerne eines Besseren belehren. Politisch halte ich mich fern. Allenfalls zu Wahlzeiten rege ich mich regelmäßig auf, wenn auch aus unterschiedlichen Motiven, woraufhin ich unterschiedlich wähle. Eigentlich ohne Linie, das gebe ich auch noch zu.

Sitze da in meinem Haus in der Gudrunstraße und fühle mich auf fast unsoziale Weise wohl in dem großen Haus. Alle Räume sind moosgrün gehalten – ich liebe Moosgrün –, moosgrüne Teppichböden, moosgrüne Samttapeten, dazu ein geschwungenes Treppenhaus mit Mahagonigeländer. Sehr elegant. Dazu noch eine Zugehfrau, mehr Haushälterin als Zugehfrau, die aber nicht dort wohnt. Was will man mehr.

Kleiderschrank im ersten Stock. Warum ich den erwähne, weil er begehbar ist, sogar mit einem Sessel (moosgrün) ausgestattet, in dem ich sitze und in die Spiegel rundum hineinmeditiere. Da hängt eine blaßweiße Sommergarderobe, eine üppige Wintergarderobe, bis hin zu polartüchtigen Daunenmänteln, oktoberfarbene Tweedjackets hängen da und jeansfarbener Frühling, der mich zehn Jahre jünger macht, aber auch geeignet ist für Übersee und Hotels mit vier Sternen, sogar fünf Sternen. Das ist heutzutage so.

Meine Religion? Manchmal, zu, sagen wir, aufgeweichter Stunde, nehme ich mit Erstaunen wahr, in welch merkwürdig körperlicher Welt ich mich befinde. Ich meine, ich nehme die Merkwürdigkeit wahr, merkwürdig wirklich und dennoch vorübergehend. Meine wirklichen Hände, meine Knie nehme ich wahr. Und im Spiegel, o mein Gott, starrt mich ein vorübergehendes Gesicht an, ich weiß nicht, ob das eine Religion ist. Aber es ist meine.

Meine Sexbedürfnisse dagegen bewegen sich eher im eleganten Bereich, wahrscheinlich durch einige sehr frühe Erfahrungen geprägt. Zum Beispiel durch die wertvoll bestrumpften Beine der Damen, die sich bisweilen nachmittags in dem vorderen Salon zum Kaffee einfanden – meine Mutter führte ein offenes Haus, und es war damals noch graubeige. Da liebte ich es, von meiner maßstabgerechten Garage in der Ecke meine besten Mercedesmodelle unter den Kaffeetisch zu lenken, um dort die zimtfarbenen Strumpfbeine zu umfahren. Eine stille Erfahrung der besonderen Art.

Ich erinnere mich an Frau Manrau, die überkreuz ihre aufliegenden Waden wunderbar zur Geltung brachte und die ich zwei- oder dreimal unter dem Tisch streifte, das erstemal unbeabsichtigt. Herrgott, war die Frau gütig.

Ich erinnere mich, daß sie sich einmal hinter mich stellte, als ich aus dem Verandafenster sah. Es war dämmriger Nachmittag, und die anderen Damen hatten im Salon anscheinend eine Menge zu reden, so daß sich Frau Manrau ganz ruhig und lange Zeit hinter mich stellte. Da habe ich ihr Wohlwollen kennengelernt in

Form von langen schmalen Gliedern, die, wie ich wußte, in hauchzarten Geweben steckten. Sie ließ sich von mir den Komposthaufen im Garten zeigen, wo ist er, dort, dort drüben, und sie beugte sich über mich. Ich weiß es ganz genau, es war der Duft der Güte, der mich erregte, der sicherlich auch noch sehr teuer gewesen ist, «Fleur de Lis» oder so etwas – mein Freund Charlie hätte gesagt: Und wie stehst du denn da!

*

Einen Platz in bester Lage. Am Pool.

Aber auch sonst hatte ich gewisse Annehmlichkeiten. Zum Beispiel brachte sie zwei Piccolo mit oder Brüsseler Weintrauben im Eispack, oder ein elegantes Sortiment Salat, das wir dann – mit Blick auf den Pool – zusammen verzehrten. Sie hieß Margot (sprich: Margo).

«Wie ist Ihr Name? Nein, lassen Sie mich raten, Vanessa?» Ein Spiel, das sich in alle Ewigkeit spielen ließe, Korinna? Viola, Etienne, Etianne, Maja? Auf Margot wäre ich nie gekommen, sie war eigentlich eine Lisa.

Bisweilen traf ich als erster am Morgen ein, reservierte dann meinerseits für sie einen Platz, und wenn sie in der bunten Menge oben am Eingang erschien, fiel sie sofort durch ihr elegantes Graubeige auf, sie trug unerhört simpel geschnittene Kittelkleider bis zu den Knöcheln aus einem, ja, unerhört simplen Material.

«Kommen Sie oft her – – ?» Das Spiel ließe sich auch in alle Ewigkeit weiterspielen. Sie legte ihr Kittelkleid ab, ihre kubisch gearbeitete Badetasche, dann ihre Sandalen aus bindfadendünnem Lederwerk. Ihr Badetuch, das, wenn nicht mit Trompeten dekoriert, planweiß war, mit marineblauer Kante. Das breitete sie dann neben mir aus, und es war eine Freude, sie das Tuch ausbreiten zu sehen. Sie hatte sehr gepflegte schlanke Glieder, nicht lang, aber länglich, äußerst delikate Knie und Knöchel und einen sanften Glanz, der eine teure Lotion verriet (gepflegter kann ich mich nicht ausdrücken). Und mit einem kurzen Blick: Einen äußerst gepflegten schlanken Venusbereich hatte sie, leicht gebräunt.

So ging es in den Juli hinein, eine angenehme Affäre, die sich wahrscheinlich noch unendlich lange hätte fortsetzen können. Nur daß die Bücher wechselten, sie las jetzt den Diderot, nur daß sie etwas Gewicht zulegte. Und daß ich die nächsten zehn Jahre allzu genau kannte, die Zweitwohnung in der Schellingstraße, den naturfarbenen Noppenboden, Kaffee im Luitpold, Essen im Tantris, ihre frühere Ehe mit Heinz, und wahrscheinlich hatte sie einen zwanzigjährigen Sohn, der in Göttingen studierte. Oh, es wäre vielleicht nicht schlecht gewesen. Möglicherweise wären wir sogar gemeinsam und eng verbunden nach Indien gereist, nach Delhi oder an die Malabarküste. Und alles noch in diesem Leben, es wäre immerhin eine Möglichkeit gewesen. Und dann doch nicht.

Denn hier kam sie, die Dame mit der Tüte.

4

Oh, das war verboten. Mein Gott, war das verboten. –

Ich sah sie flüchtig von fern, wie sie an der Schleuse stand, war wohl gerade hereingekommen und sondierte das Gelände. Überhaupt nicht mein Fall. Untersetzt stand sie da auf ihren Standbeinen, Kinnlade vorgeschoben, Backenknochen heraus, große Oberlippe. Ich sah sie dann noch einmal, wie sie auf den Pool zuging und ihre Standbeine vor sich herpflanzte. Abrupt hierhin und dorthin blickend. Ende der Vorstellung.

Und dann nach einer Weile, als ich etwas schläfrig dalag, spürte ich einen Luftzug am Kopfende. Da hatte die Dame dicht vor mir eine Lücke entdeckt und breitete gerade ihr Tuch aus, und zwar ziemlich abrupt, indem sie es auch noch kräftig ausschüttelte, ziemlich kraftvoll. Legte sich hin, schob die Kinnlade vor und zeigte mir die Fußsohlen dicht vor meinem Kopf.

Wie es so ist, bei der Enge.

Margot blickte kurz von ihrem Buch auf, es war inzwischen Diderots «Neffe des Rameau», ich konnte sie nur bewundern, daß sie das las. Blickte auf und las weiter. Ich studierte dann eine Weile lang die Wolkenformationen, kompakte, kugelige Gebilde mit flacher Unterseite, harmlos in Abständen über München segelnd. Gerade hatte eines einen runden Schatten über das Schwimmbecken hinweggezogen, als ich einmal kurz zu den Fußsohlen aufblickte. Da waren sie etwas auseinandergenommen. Nicht viel, aber genügend, daß in der Verlängerung ein Genital sichtbar wurde, nur ein Teil, aber deutlich und insofern auffällig, als sich in dieser Position normalerweise nicht viel zeigen kann. Nichts zeigen kann. Dachte ich bei mir.

Studierte mit etwas Besorgnis die Wolkenformation, die sich im Westen aufgebaut hatte, auch die Wolkenformation im Osten, und dann konsultierte ich die große Uhr über dem Pool: Wie spät es sein mochte.

Aber als ich wieder hinblickte, hatte sie die Füße weiter auseinandergenommen, wohl drei bis vier Spannen weit, und jetzt sah ich auch, warum: Das war ein außerordentlich großes Genital, das für sich genommen sehr viel Platz brauchte, es war abgesetzt in zwei dicke äußere Schamlippen, und die inneren waren auch nicht gerade dünn, sie waren wie zwei Blasebälge. Darum! Ich sah jetzt, daß auch Margot etwas gesehen hatte, sie ließ den Diderot sinken, sandte mir dann einen Blick zu, den ich lieber meiden wollte. Ich zog ein Magazin hervor und war lange Zeit damit beschäftigt, nicht nur das Kreuzworträtsel auf Seite vier zu lösen, sondern auch noch das amerikanische Kreuzworträtsel, das sehr viel schwerer zu lösen ist, weil es keine schwarzen Felder vorgibt, nur die Anzahl der Buchstaben.

Was nicht viel bewirkte. Denn inzwischen hatte die Dame ihre Schenkel so weit auseinandergenommen, daß es nun ganz klar war: Dieses war das größte weibliche Genital, das jemals in einem öffentlichen Bad gezeigt wurde, und es war ganz klar, daß in praktisch jeder Position es der Dame schwerfallen dürfte, dieses zu verbergen. Und das tat sie denn auch nicht. Wie es ausging? Es ging gar nicht aus, nach zwei Stunden packte die Dame ihre Sachen zusammen und ging heim. Nur die Margot mit ihrem Diderot gab sich für den Rest des Nachmittags etwas reserviert. Nicht ostentativ, aber vielleicht hatte ich doch einmal zu häufig hingeschaut.

*

Und das sollte auch das Ende gewesen sein.

Wenn nicht am nächsten Tag – es war vormittags um zehn, ich weiß es – ein Schatten auf mich gefallen wäre, im Verein mit einem abrupten Luftzug, der mir bekannt schien, und dann erblickte ich plötzlich zwei Fußsohlen, diesmal aber mit den Fersen nach oben gerichtet. Ich vergewisserte mich: Die Dame Margot neben mir las Götz Kraffts «Die Geschichte einer Jugend» und blickte nicht auf, die Dame vor mir hatte rosige, gekerbte, an den Ballen gelblich harte Fußsohlen. Dazu fiel mir ein, daß es bei den Japanern zum Beispiel als beleidigend gilt, jemandem die Fußsohlen zu weisen.

Und doch war die Situation eine andere. War gestern die Lücke die einzige vorhandene gewesen, so hätte sich an diesem Morgen die Dame ohne weiteres woanders ausbreiten können, ja, weiter unten gab es sogar noch einen Platz in der ersten Reihe. Warum also gerade hier? Und so dicht? Später am Vormittag schlossen sich die Reihen, und da fiel es nicht mehr auf, aber jetzt sandte mir Margot einen Blick zu! Ich sagte: Dafür kann ich nichts. Sagte ich natürlich nicht, anscheinend hatte die Dame einen festen Platz gefunden.

Sie öffnete dann die Beine, und da sie auf dem Bauch lag, bildete ihr sehr großes Genital zwischen den Gesäßbacken eine Tüte, anders kann ich es nicht beschreiben, es war tatsächlich eine nach oben offene Tüte, die sich da entfaltete. Ein Gebilde, bestehend aus den dickeren Teilen, die aber jetzt nach unten hin eine Brücke formten, ein großes U, in dessen Grund sich eine kompliziert gebuckelte Anatomie mit einem – ich weiß, ich bin etwas zwanghaft – daumenförmigen Anhängsel befand. Ich glaube, es war der Kitzler. Margot klappte mit einem Knall ihr Buch zu.

Ich ging jetzt erst einmal ins Wasser. Schwamm die ganze Länge und kehrte zurück. Von hier aus war der Anblick nicht ganz so dramatisch, der Winkel war ein anderer. Margot hatte ihr Buch wieder aufgenommen, die andere Dame hatte sich inzwischen auf den Rücken gelegt, und ich registrierte, daß sie ihre Oberschenkel wie zwei Schirme rechts und links hochgestellt hatte, so daß das Ganze doch sehr viel privater aussah, jedenfalls nicht so verboten wie aus der Frontalsicht. Ich will sagen: Man konnte sich doch ganz gut heraushalten. Deshalb schwamm ich noch eine Länge und zurück, nahm dann wieder meinen Platz ein, Margot kehrte mir auf Dauer den Rücken zu. Und so ging das Ganze aus: Nach zwei Stunden packte die Dame ihre Sachen und verschwand. Sie war übrigens bis in die Tiefe durchgebräunt, vollständig, ja, und sorgfältig rasiert, das wollte ich zum Schluß noch erwähnt haben.

*

Doch der darauffolgende Tag – es war wieder ein Samstag – begann mit einem Eklat. Ich lag friedlich auf meinem angestammten Platz und sonnte mich, Margot war noch nicht erschienen, also hielt ich einen Platz frei. Döste vor mich hin und dachte sozusagen an nichts Böses, als plötzlich dicht neben mir eine ganz hohe Stimme brüllte, eine Fistelstimme:

«Du Spanner! Hab' ich dich, du Spanner!»

– – –

«Kommst her, legst dich hin und spannst!»

Da war mir doch der Schreck in die Glieder gefahren.

«Ich kenn' dich, dich kenne ich!»

Ich hob vorsichtig den Kopf und sah einen gewaltigen Mann mit zornrotem Gesicht. Er war absolut viereckig, ebenso breit wie hoch, und er hatte einen Kleinen am Kragen, buchstäblich, er hatte ihn am Wickel. So als ob er den Kleinen endlich erwischt hätte.

Folgende Situation: Fünf bis sechs Plätze links von mir befand sich ein trauriges Lager, bestehend aus einem einzigen braunen Handtuch, einer Ledertasche und einer Krükke. Dort hatte sich ein Mickermännchen vor einer Gruppe hübscher kleiner Luder niedergelassen. Unglücklicherweise. Man kennt diese Mädchen, viel zu fröhlich, viel zu jung, viel zu hübsch, jedenfalls zu hübsch für ein Mickermännchen. Und das war ihm ja auch schlecht genug bekommen, sich hier mir nichts, dir nichts herzulegen.

Er war nur halb ausgezogen oder, ich weiß nicht, halb angezogen, die Hose fehlte. Jedenfalls hatte ihm der Viereckige das Hemd mit einem Kraftgriff am Nacken zusammengedreht und hob ihn jetzt mit gebeugtem Knie auf seine Höhe. Mit furchteinflößend vollkommen professioneller Hebelwirkung, anders konnte man das nicht bezeichnen.

«Sie sind ja nicht bei sich», schrie der arme Spanner – wenn er einer war – «Sie sind ja nicht richtig im Kopf!»

Und da mochte er sogar recht haben, denn dieser würfelförmige Kopf, der auf dem Muskelpaket aufsaß, war zu einem geradezu beängstigenden Violett angelaufen.

«Dich kenn' ich vom Flaucher, da kenn ich dich genau!»

Dazu muß man wissen, daß der Flaucher eine Isarinsel im Stadtbereich ist, ein wildumspültes Dreieck, allgemein bekannt als Schweineinsel. Bezeichnenderweise. Inzwischen war die halbe Badeanstalt zu diesem Spektakel zusammengelaufen, die Leute standen direkt über mir, so daß ich nicht umhin konnte teilzunehmen.

«Der hat jede Woche jemanden am Kanthaken», klärte mich ein Nebenstehender auf.

«Aber was hat er denn getan, um Gottes willen?»

«Er hat sich angefaßt.»

– – –

– – –

«Aha.»

Außerdem, wurde ich aufgeklärt, handele es sich bei dem Muskelpaket um einen «Untermann» vom Zirkus Krone. Er sei derjenige, der ganz alleine die Pyramide der Dalton Brothers trägt, ganze elf Mann und ein Kind, und das konnte ich mir gut vorstellen: Eine Säule, ein Atlas war der Mann, eine Grundfeste. Auf keinen Fall jemand, mit dem man sich anlegen sollte.

*

So spektakulär die Szene auch gewesen sein mag – die rudernden Arme und der spezielle Haltegriff, mit dem das Bündelchen schließlich hinausbefördert wurde –, wir waren alle froh, als wieder Ruhe einkehrte. Hätte es doch praktisch jeden einzelnen von uns (Männern) treffen können – ich konnte nur mit Schaudern daran denken.

So lag ich denn aufgekratzt, in gewissem Sinne aber auch erleichtert, auf meinem Badetuch, so wie wir alle erleichtert waren, daß der Kelch noch einmal vorübergegangen war.

Das Flämmchen Schadenfreude.

Als ich wie von ungefähr einmal auf den Eingang schaute. O nein. Ich erahnte sie, noch bevor ich sie in der Schleuse sah, noch bevor ich überhaupt irgendwelche Anzeichen sah, die Standbeine, die Kinnlade, die Backenknochen. Und als sie dann wirklich eintrat, abrupt und zielgerichtet, als sie sich nach einem kurzen Blick gnadenlos in Bewegung setzte, begann ich zu beten. Sie kam in gerader Linie über die Wiese direkt auf mich zu, steuerte haarscharf den Platz vor meinem Kopfende an …

Liebe Dame, betete ich, dies ist nicht der Tag, der Zeitpunkt ist nicht gut gewählt, ein andermal vielleicht, nicht heute. Ich weiß nicht, ob man sich die Angst der folgenden zwei Stunden ganz vorstellen kann, während deren ich schweißgebadet auf meinem Tuch lag, weder rechts noch links blickend. Diesmal hatte sie sich eine dicke Zeitung mitgebracht, nahm zunächst eine schrägsitzende Stellung ein, sie saß auf nur einer Backe, auf der rechten, und stützte sich seitlich mit dem rechten Ellenbogen auf. Las direkt an meinem Kopf vorbei – ich glaube, es war der Leitartikel –, las eine Zeitlang, blickte zwischendurch senkrecht nach oben. Dann stand sie auf und bückte sich, weil sie etwas in ihrer Tasche zu suchen hatte, fand das Zeug nicht gleich, was immer es war. Setzte sich wieder hin.

Diesmal in Schräglage nach links. Linke Backe, linker Ellenbogen, aber schräger als vorher, mehr auf der Seite liegend. Las einen anderen Leitartikel, und nachdem sie ihn gelesen hatte, schlug sie mit dem Handrücken schallend aufs Blatt.

Jetzt nahm sie eine ganz vertrakte Stellung ein. Sie stützte sich mit beiden Ellenbogen auf, lag aber nicht auf dem Bauch, sondern mit dem Unterteil seitlich verdreht und mit angezogenen Beinen, so daß sie mir eine volle Breitseite zuwandte. Dabei machte ich eine Feststellung, daß nämlich das Gesicht den Körper widerspiegelt und umgekehrt, ein Gemeinplatz natürlich, der aber bei der Dame wunderbar zutraf: Sie hatte ausgeprägte Backenknochen, ich meine, auch vor den Hinterbacken, die sie mir zuwandte, hatte sie welche. Zwei gewaltige Steißbeine, wie bei einem Wasserbüffel.

Ich rührte mich vorsichtig, aber nicht viel, ich deckte die Situation sozusagen mit mir selber zu – jedenfalls hätte ich auf keinen Fall aufstehen können. Jetzt legte sich die Dame flach auf den Rücken, hielt die Zeitung waagerecht nach oben, gen Himmel, las über längere Zeit anscheinend noch einen dritten Leitartikel, wobei sie die Knie hin- und herschwenkte. Dann schlug sie aufs Blatt.

So ging das volle zwei Stunden lang, und ich darf sagen, daß ich in der ganzen Zeit nicht ein einziges Mal hochzublikken wagte, denn – man muß sich das Ganze mit Angst und Schrecken vorstellen – in jeder erdenklichen Lage, ob vorne oder hinten, ob oben oder unten, ob vertrakt verdreht oder plan auf dem Rücken, das Ding war nicht unterzukriegen! Ganz gleich, im Sitzen oder Liegen, immer war es präsent, es war anscheinend nicht zu vermeiden. Die Dame schlug aufs Blatt, und das Ding kroch heraus.

Ich sagte mir: «Dieses mußt du durchstehen, da hilft kein Heulen und kein Zähneklappern, kein noch so tiefes Erdloch, in das wir kriechen könnten. So ist die Dame eben.»

Obwohl.

Ich möchte es einmal so ausdrücken: Es handelte sich um ein Eigenleben, das hier stattfand – da war eigentlich niemand zuständig –, ein Eigenleben, das sich um jeden Preis selbsttätig vorarbeitete. Hatte ich Tüte gesagt? Es war keine Tüte, jetzt habe ich den richtigen Vergleich: Ein kleines Maul war es, das so aussah, als ob es sprechen könnte.

Und bei alledem – das ist nun das letzte, was ich noch dazu sagen möchte – blickte mich die Dame niemals direkt an. Immerhin befanden sich nur achtzig Zentimeter zwischen uns, und das kleine Maul sprach genau in meine Richtung, aber die Dame selbst, nein, kein Blick. Schaute hoch zum Himmel und tief in die Erde, schaute auch nach vorn und eine Handbreit an mir vorbei. Ich hätte winken können «hallo!», aber kein Lächeln.

Doch.

Nach Ablauf der zwei Stunden stand sie ziemlich abrupt auf und zog sich an. Und dann lächelte sie mir plötzlich ganz kurz zu, jawohl, es war ein Lächeln, das in dem unschönen Gesicht furchtbar aussah (ich habe mich gefürchtet), und sagte «dankeschön». Aber mehr so in die Gegend hinein, so allgemein, so daß man nicht wußte, meinte sie die gesamte Population. Im Jakobi-Bad. In München. Im Sommer.

Ich habe sie nie wiedergesehen. Wahrscheinlich hatte sie einen anderen Liebhaber in einem anderen Schwimmbad gefunden.

5

Es gibt eine Erinnerung in mir, die eigentlich keine Erinnerung ist, weil ich niemals dort gewesen sein kann. Trotzdem sehe ich den Strand vor mir, jedes Steinchen, jedes angeschwemmte Stückchen Holz. Ich sehe, es ist ein breiter Strand mit merkwürdig steil zum Wasser abfallendem Rand, und die Brandung weiter draußen ist gefährlich, ich weiß, daß sie gefährlich ist, so als ob ich dort schon einmal ertrunken wäre. Vielleicht ist es auch nur die Erinnerung an einen Traum, den ich so oft geträumt habe, daß ich ihn nicht mehr abtrennen kann. So wie mit dem frühen Sigesmund Rüstig geschehen: Er sitzt immer rechts im Boot (nicht links), für immer und alle Zeiten.

Auf dem Hang verläuft ein gelber Weg, geschlängelt, läuft in Windungen um die runden Felsen herum, die rötlichbraun und schwarz eingelassen sind. Es ist heiß. Es ist immer heiß in dieser Erinnerung, die Sonne sticht, und dennoch herrscht eine Dunkelheit wie ein Mantel – – – und hinterläßt Sehnsucht.

Wer weiß, wo sie herrührt. Das verschlungene Muster des gelben Weges ist einem Schriftzug nicht unähnlich, einer Mitteilung. Die mich angeht? Wir lagern hier im Schatten des Holunderbusches und führen ein angenehmes Gespräch – mein gebildeter Freund und ich –, es ist ein stiller grüner Vormittag, luftig und erholsam.

«Ja, es widerfährt einem gelegentlich», sagt mein Freund mit der goldgefaßten Brille, «was kann es sein, welche Bedeutung liegt in solchen Erinnerungen?»

«Die keine sind.»

«Die aber immer mit großer Realität daherkommen ...«

Hier wiegt er – der bessere Herr – den Kopf.

«… während andererseits die Tatsache, daß wir in diesem Augenblick mitten in München auf unseren nackten Hintern liegen – denn das ist ja wohl eine Tatsache –, doch reichlich unwirklich erscheint. Wie Sie zugeben müssen.»

Es ist natürlich nur ein poetisches Gespräch, das wir hier führen. Schatten wandern, Leiber stellen sich in einer Ideallandschaft dar. Nach den zurückliegenden Irrungen und Wirrungen ein ruhiger Moment im Jakobi-Bad.

«Vielleicht eine archaische Erinnerung», gebe ich zu bedenken, «eine Erfahrung aus der Gesamtexistenz. Wer weiß. Sicherlich hat jeder Gegenstand, auch der trivialste, der uns in diesem Leben begegnet, seine Bedeutung. Zum Beispiel dieser Korb mit den Badetüchern dort hinten, der etwas zur Seite geneigt ist.»

«Sie meinen, weil er zur Seite geneigt ist?»

«Sicherlich.»

Wir betrachten den Korb, drüben schlägt eine Glocke vom Turm, es weht uns aber nichts an, keine Bedeutung, kein Unbehagen und auch kein Behagen.

«Vielleicht nicht uns, vielleicht einen anderen, mit anderen Erinnerungen, wer weiß, aus einem anderen Leben, den mag es vielleicht anwehen. Was wissen wir denn.»

«Sind Sie Schriftsteller?» fragt er.

Ich verneine lächelnd: «Nein, ich schreibe ein wenig.»

«Das erklärt es.»

*

«Hab' ich Sie, Sie Spanner!»

Der Schreckensruf, der alles veränderte.

Die Unschuld, die Freude, die Arglosigkeit, ja, es veränderte eine ganze intakte Münchner Badewelt. Jedesmal, wenn ich an dem Menschen vorbeiging – denn ich mußte vorbeigehen –, hörte ich ein eigenartig keckelndes Geräusch: Keckelkeckel. Ich wußte nicht, ob er mich meinte, aber es war eigenartig genug. Jeden Augenblick konnte es mir passieren – wie jedem anderen auch –, daß er mich für den Spanner der Woche hielt. Sogar sein Genital war viereckig, der Mann hatte einen eindeutig viereckigen Eiersack, und diese grobe Bezeichnung erschien durchaus angebracht, man wagte kaum hinzuschauen.

Und noch etwas! Wenn man im Vorbeigehen einen Blick riskierte, dann lagen da sechs längliche Pillen aufgereiht. Auf einem Pappdeckel, es sah wie ein Tagesbedarf aus. Weiterhin lagen da eine zusammengerollte Decke, ein altes Kochgeschirr, ein quadratisches Kissen, mehrere Stökke, deren Zweck ich nicht erkennen konnte, und ein Feldstecher. Als Unterlage diente eine Militärplane, graugrün gescheckt. Und nach einer Stunde – man kann sich denken, mit welcher Vorsicht man einen weiteren Blick riskierte – lagen da nur noch fünf Pillen.

Ein Anstaltsinsasse? Ein Epileptiker, ein Mann, der zu allem fähig war? Ich sah, daß er sein Gebiß nicht trug, es ruhte in einem zerbeulten Becher neben dem Pappdeckel. Untermann, du meine Güte, wohl eher Untermensch für alles mögliche! Einmal schaute ich ihn streng an, da erheiterte er sich.

Und überhaupt.

Ich bin kein Mann, der nackten Mädchen nachlauert. Ehrlich gesagt, sie sind mir zu glatt, junge Mädchen sind mir zu plan. Viel zu sachlich, sie tragen kein Geheimnis, ihre Körper erzählen mir keine Geschichte. Ich weiß nicht, ob das abwegig ist, ich vermisse bei ihnen die Dunkelheit, die Schrunden, tut mir leid. In angezogenem Zustand, ja, da schaue ich sie mir durchaus an, weil es erstaunlich ist, mit wie wenig Handgriffen sie es fertigbringen, sich vollständig zu verunstalten. Die steifen Röhrenhosen, die Hemden, die Zossen, manche tragen Goldnieten in der Nase und angeschraubte Oberlippen, vor allem das Schuhwerk ist überwältigend, tonnenschwere Klumpfüße, mit denen sie herumlaufen. Aber nackt?

Man wird denken, der Mann ist abgesagt, der Mann zählt nicht mehr. Da muß ich aber leider widersprechen. Ich stelle mich auf die Waage und habe schöne vierzehn Pfund abgenommen, jawohl, durch das tägliche Schwimmen! Ich stelle mich vor den Spiegel, da schaut ein neuer Mensch heraus, tiefbraun und sehnig, mein Gott, denke ich, welch ein gutaussehender Bastard, welch lean-mean-fighting-machine, kaum auszuhalten.

Obwohl einmal – und nur, um es zu beweisen oder das Gegenteil zu beweisen – liege ich neben dem süßesten Geschöpf der Welt, atemlos vor Entzücken. Höchstens siebzehn ist sie, und sie ist wie Milch und Blut, wie Honig und Blut, hat ganz glatte Glieder, einen ganz glatten honigfarbenen Leib, auf dem die Brüstchen wie kleine runde Tassen aufgesetzt sind und auf diesen wiederum die winzigen Täßchen der rosa Nippelchen. So sieht das aus. Auf dem langen, ganz glatten Hals ein Köpfchen, o mein Gott, ein Köpfchen mit dem süßesten Vorwurf der Welt. Und ich, jetzt sieht man das Bild wohl deutlich, völlig atemlos, versuche, mich nur ganz zart, ganz langsam zu bewegen, um das unglaubliche Geschöpf nicht aus meiner Nähe zu verscheuchen ...

Als ein Seufzer durch die Menge geht.

Läuft doch plötzlich dieser entsetzliche Mensch an mir vorüber und grinst mich verkehrt herum an. Er grinst wie? Verkehrtherum, verkehrtherum. Läuft doch dieser Vierschrat zu meinem und aller Entsetzen hurtig auf den Händen, was er ja als Untermensch gelernt haben wird, viel umfallen kann er sowieso nicht bei seinen Dimensionen, genauer gesagt, gar nicht. Kommt gelaufen und grinst, was hätte einen danach noch bedrohen können! Keckelkeckel.

Außerdem langweilen mich nackte Mädchen zu Tode.

*

Da lobe ich mir den Klub der alten Frauen. Hier nachträglich meine Bewunderung für ihre Heiterkeit, Einsicht und unbegrenzte Lebensdauer!

Es gab am unteren Ende des Pools eine Aussparung im Buschwerk, an sich für jeden zugänglich, aber meist schon am frühen Morgen besetzt. Und auch ich fand nur Zutritt, weil mir die Damen an einem besonders überfüllten Samstag Platz einräumten.

Diese alten Damen waren erstaunlich. Ausschließlich Bewohner eines Altersheims, das, von außen nicht als solches erkennbar, sich gegenüber dem Haupteingang auf der anderen Straßenseite vom Jakobi-Bad befand. Frau Lempe zum Beispiel verdiente meine volle Bewunderung, sie schwamm täglich eine ganze Stunde lang die Beckenlänge auf und ab, fünfzig Längen auf und ab, braun und zäh, ein unverwüstlich treues Kanu aus Bisonleder. Angeblich war sie einmal deutsche Schwimmmeisterin gewesen (ich liebe die drei «m»), vor hundert Jahren. Oder vor zweihundert Jahren. Aber wenn sie auftauchte und das nasse Element von ihren gegerbten und gewalkten Schultern schüttelte, dann war sie wie eine ganze Zeitepoche, die da aus dem Wasser stieg. Hallo! Mit ihren rekordschweren Gesamtmeilen, die sie bewältigt hatte, die bewundernswürdige Frau Lempe.

Oder Frau Wieland. Gott segne dich, Frau Wieland. Sie bestand nur aus Runzeln, niemals im Leben hatte ich so viele Runzeln an einem Platz gesehen. Man kennt die delikate, hochgeehrte Haut der alten Damen, die sich zartblaß eintausendmal in haarfeine Falten gelegt hat, und man kennt sie bis zu den weißen Krägelchen. Man denkt, hier endet die Dame. Hier endet sie aber nicht.

Frau Wieland kam meist später am Morgen, weil sie sich etwas mehr Schlaf gönnte. Und wenn sie kam, dann war sie ein zwitscherndes Vögelchen, erzählte mit ganz hoher Stimme von der Marmelade, die sie gegessen hatte, und dem Löffel Honig in der Milch. Kaffee trank sie keinen, dafür einen Tee mit merkwürdigen Beimischungen, Schafsminze, Pfenningkraut, das war alles so wichtig am Morgen, daß jeder genau hinhörte. Bis sie sich dann ausgezogen hatte, und da war sie das reinste Wunder.

Denn unterhalb des Krägelchens setzte sich das delikate Netzwerk der feinen und feinsten Runzeln tausendfach fort, zehntausendfach. Was sage ich, Runzeln? Sie war eine kostbare Klöppelarbeit, jeder Zentimeter. Die Knie, die Oberschenkel, die Bauchhaut waren feinste Brüsseler Spitze, und der Rücken mit dem geraden Gesäß reinstes bestes Kroningen, sogar formal symmetrisch ausgelegt. Ich sehe, ich gerate ins Abstrakte, aber das war es auch, ein wirklich gutes Blatt, würde der Kunstkenner sagen.

Wenn sich Frau Wieland schließlich niedergelassen hatte, immer im Halbschatten der Büsche – weshalb sie auch nur ganz zart getönt war –, dann trug sie ihr Sonnenschutzmittel auf. Oh, das war jedesmal ein Ereignis. Sie strahlte uns an und verkündete, «sodela, jetzt schmier'n wir uns ein», benutzte dazu eine dickflüssige Emulsion, die sie erst milchig-weiß aussehen ließ, dann transparent und im Endeffekt hochglänzend wie ein geputzter Stiefel. Hob das Bein, hob den Arm, wälzte sich herum und rieb das Gesäß ein, die beiden papierdünnen Brüste, Schultern und Nacken. Auch die prekären Stellen. Und weil es so schön war, rieben wir uns gleich mit ein, du und ich und alle miteinander. Eine Einschmierorgie im Klub.

*

Sexy? Natürlich waren sie sexy, man sollte es nicht für möglich halten, immerhin hatten manche bald die neunzig erreicht. Alle Damen waren sexy. Hier wurde streng sexy durchsonnt, durchbräunt und absolut unbewegt gelegen, sechs, acht, sogar zehn Stunden lang, das einzige, was sich bewegte, waren die Münder. Und die standen nicht still, zehn Stunden lang am Stück wurde geratscht. Ich glaube, es waren lauter Lügen, die hier das Licht der Welt erblickten, denn soviel «am Stück» konnte kein Mensch erlebt haben. Eine Dame – die schwere Frau Kastenmair, die ich nie auf den Beinen sah – hatte angeblich fünfmal geheiratet, später, als ich nach einer längeren Pause die Damengruppe wieder aufsuchte, waren es sogar sechs Ehemänner gewesen, der letzte ein betuchter Fabrikant, den es vorher gar nicht gab. Also gut.

Eine andere hatte es mit ihren Töchtern. Unglaublich erfolgreichen Töchtern: Die eine sprach fünf Sprachen, eine zweite war mit einem französischen Dirigenten verheiratet, spielte selbst Harfe, auch Geige und Klarinette. Akkordeon? Akkordeon auch. Waldhorn? Und der dritten Tochter gehörte ein Haus, das überhaupt nicht zu überbieten und bereits im «Schöner Wohnen» abgebildet war. Oder wie hätte man es überbieten können, mit dem fehlenden Lungenflügel von Frau Kastenmair?

Warum nicht. Ein fehlender Lungenflügel hatte bei unseren Damen Gewicht. Doch gab es für die schwere Frau Kastenmair eine ganz Magere als Gegenpart, und die konnte nun mit zwölf verschiedenen, praktisch gleichzeitigen Krankheiten aufwarten, eine ernster als die andere. Diabetes, Schulz-Henkesche Blutkörper, Erbsche Gleitwirbel, und als ich nach der Pause wieder zuhörte, waren inzwischen noch zwei dazugekommen, eine seltene Form von Bronchitis und ein Darmverschluß mit Folgen, die uns einen ganzen Vormittag beschäftigten. Und Allergien natürlich, denen war keine Grenze gesetzt, aber da konnten natürlich auch andere mithalten, allergisch gegen Bohnerwachs, Katzen, Geranien ...

Radiergummi, sagte ich.

Radiergummi, Haarbürsten, Kartonagen, alte Teddybären, was noch? Eine Dame mit einer sehr tiefen Stimme – das war ihre Eigenart, daß sie erst durch die Stimme anwesend war, sonst nicht – erklärte, daß ihre Zeit überhaupt im Krieg stattgefunden hatte, und wenn man genau hinschaute – an sich war sie ja nicht anwesend –, sah man tatsächlich Spuren einer großen Schönheit. Als Blitzmädchen. Da gab es keine Allergien, da gab es Luftwaffenoffiziere mit den gelben Seidenschals, Stabsoffiziere mit den roten Streifen, und gab es da einen General? v. Rundstedt? Sie müssen, sagte ich, sehr begehrt gewesen sein, bei Ihrem Aussehen. Jawohl, mit dem General v. der Lücken im Nachtschnellzug nach Paris.

Ich selbst bin ja eigentlich Brasilianer, erklärte ich, das heißt, mein Vater war Brasilianer, meine Mutter Dänin, und ich bin rein zufällig in einem kleinen Ort in Holstein geboren, eigentlich in São Pãolo. Und wo da? In Schwerin, an der dänischen Grenze.

«Das stimmt doch gar nicht», sagte Frau Wieland, «Sie flunkern doch.» Dazu nahm sie mich aber ganz reizend beiseite, wie es die Damen in früheren Zeiten taten, nur wären sie damals nicht nackt gewesen.

«Sie haben geflunkert, Schwerin liegt doch nicht an der dänischen Grenze.»

«Das ist möglich», gab ich zu, wie sollte ich das auch als Brasilianer wissen. Sie nickte verständnisvoll, legte den Finger an den Mund und machte: Psst.

«Und jetzt», rief sie, «schmier'n mir uns alle ein!»

Die glückliche Stunde im Klub.

*

Sollte man meinen. Doch wie es der Teufel wollte, reckte in genau diesem Augenblick das Unheil seinen Kopf. Das heißt, unser viereckiger Muskelmensch tat es. Er hatte das schon einige Male versucht, hatte da seine eigene Art zu tauchen, schwamm eine gewaltige Länge unter Wasser, es war aber mehr ein Pseudotauchen, indem sein Hinterteil immer noch herausragte. Er spaddelte, warf Wellen, drehte sich wie ein Tümmler um die eigene Achse – und ein dazugehöriges Unterwasserbellen hätte mich nicht gewundert.

Um dann unvermutet über den Beckenrand zu schießen.

Frau Lempe fiel der Salatsandwich aus dem Mund, Frau Kastenmair ließ eine Masche fallen, so unvermutet tauchte dieses Walroß, dieses quadratische, auf und bespritzte uns alle mit Wasser. Mich am meisten, der ich am nächsten lag. Lehnte sich auch noch breit auf den Beckenrand, prustete und stützte gemütlich die Ellenbogen auf.

Es reichte.

Jetzt plazierte er auch noch in aller Ruhe sein Kinn auf meine gute Badematte und wollte sich womöglich noch anbiedern, aber da kam er ja gerade an den Richtigen.

«Hau'n Sie ab, Sie Spanner!» rief ich aus, «sehen Sie, was Sie angerichtet haben, die Damen sind ja völlig verschreckt.»

Und wirklich, die Dame mit den Töchtern hielt sich ein Handtuch vor die Brust, die Magere bekam wahrscheinlich einen neuen Darmverschluß, das Blitzmädchen schrie «huch» wie in ihrer besten Zeit ...

«Wir kennen ihn! Wir kennen ihn genau! Taucht hier auf und spannt!»

«Sie Spanner!» rief ich ihm nach, als er abzog.

Aber Frau Wieland, das zwitschernde Vögelchen – möglicherweise konnte allein ich sie hören –, sagte mit ihrer kleinen Stimme: Jemand sollte den Kerl aus dem Wege räumen, es war sogar noch besser, sie sagte «umnieten». Und das mit ihrer ganz kleinen Brüsseler-Spitzen-Stimme.

*

Doch wie es manchmal geht – ich sehe da natürlich keine direkte Verbindung, andererseits fällt das zeitliche Zusammentreffen auf –, es vergeht keine halbe Stunde, als drüben am anderen Ende des Pools die Menge zusammenläuft, ein Volksauflauf: Was ist los, was ist geschehen? Jemand hat einen Anfall, heißt es, jemand solle einen Arzt holen! Ich bin natürlich auch hingelaufen, und was soll ich sagen, kauert da unser Muskelmann völlig verwirrt am Boden, dreht sich auf allen vieren um sich selbst, dazu jault der Mann!

Eine absurde Vorstellung, den Supermann in derart erbarmungswürdigem Zustand zu sehen – wie man es seinem ärgsten Feind nicht wünschen würde.

«Er hat den Drehwurm», klärt ein Umstehender mich auf, «er hat seine Pille vergessen.»

«Das stimmt», behauptet ein anderer Umstehender, «noch vor zwei Stunden habe ich einen Blick riskiert, und da waren es fünf auf dem Pappdeckel. Und jetzt – schauen Sie mal hin – sind es immer noch fünf. Er hat seine Pille vergessen.»

«Und was», frage ich unschuldig, «ist das für eine Pille?»

Daraufhin herrscht ominöses Schweigen, während sich der Mann in seine Militärplane festkrallt, verzweifelt festkrallt, als ob ihm die ganze Badeanstalt unter den Beinen weggezogen würde. Man kann aber deutlich sehen, wie sich die Augäpfel ruckartig hin- und herbewegen. Wie Sekundenzeiger, die nicht von der Stelle kommen.

«Nystagmus nennen es die Mediziner», erklärt einer der Umstehenden, «spontanes Augenzittern, sicherlich durch irgend etwas ausgelöst, fragt sich nur, durch was.»

«Sind Sie Arzt», habe ich gefragt.

– – –

Wie dem auch sei, ich habe mich noch am selben Abend mit meinem «Ratgeber in gesunden und kranken Tagen» hingesetzt und mich belesen. Vielleicht etwas laienhaft, demzufolge gibt es tatsächlich so etwas wie Drehschwindel oder Labyrinthsturz, jedenfalls kein leichtzunehmendes Krankheitsbild, das «mit vernichtendem Kreiselgefühl einhergeht». Als Ursache werden Kalkablagerungen im Innenohr genannt, winzige Bröckchen, die von der Wandung abfallen und ins Labyrinth hineinrollen können. Ein Vorgang, obwohl mikroskopisch klein, von erdrutschartiger Auswirkung (mit Bild eines Mannes mit verdrehten Augen).

Nun war mein Ratgeber vielleicht etwas überholt (1898) und auch bezüglich therapeutischer Maßnahmen nicht ganz zeitgemäß, Wannenbäder, Kinnwickel, aromatische Umschläge und Beifußaufguß, aber die Relation der Größenverhältnisse war überzeugend dargestellt:

«Felsbrocken, die mit Donnerhall in einen Tunnel stürzen.»

So enorm laut.

6

Der Strand ist schattig. Und ich weiß auch, warum, die Sonne wird durch das gelbe Haus verdeckt, das oben am Weg steht und einen langen Schatten wirft. Es ist aber trotzdem heiß hier unten und hinterläßt was?

Ja, sie hat sich ein Spiel ausgedacht, ein Fächerspiel, sie taucht ins Wasser, taucht auf und blitzt mich an. Ihr Tuch, das sie über der Brust verknotet trägt, bläht sich dabei wie eine große goldfarbene Qualle. Wenn sie aus dem Wasser steigt, hält sie es vor sich hin, so daß ihre Schönheit vom Weg her, der gelb geschlängelt vom Dorf verläuft, nicht zu sehen ist, es sieht aber sowieso niemand hin, weil niemand dort geht. Sie blitzt und strahlt und dreht sich um, hält das Tuch hinter sich und steigt ins Wasser. Steigt heraus, schwingt das Tuch, es ist sehr schön, goldgelb mit grünem Rand und einer Borte aus blauen Löwen. Ich habe es ihr geschenkt, ich habe ihr noch viele andere schöne Tücher geschenkt, die sie beim Baden um sich schwingt, vor sich und hinter sich wie einen Fächer, damit ich deutlich sehen kann, wie schön sie ist.

Denn hier stehe ich.

Mit meinem Lingam. Der Priester hat gesagt, daß der Lingam heilig ist und für den Tempelgebrauch bestimmt, ein vollkommener Unsinn, jedermann weiß, wofür der Lingam gut ist. Ich weiß es, mein guter Lingam wächst aus meinem eigenen Tempel, er ist wie die Deichsel eines Wagens, mit dem es vorangeht.

Vielleicht will der Priester, daß wir ihn uns abschneiden, alle, damit seiner als einziger riesiger übrig bleibt. In der großen Höhle. Ich habe ihn nie gesehen, aber man sagt, er sei über und über mit Butter beträufelt wie ein Chapatti, das in den Ofen soll. Drüben vom Dorf her trägt der Wind das Rasseln und Gellen herüber, mit dem sie die Pilger wachhalten, mich erreichen sie nicht.

Ich brauche sie nicht.

Denn ich halte Sita im Arm, die Schöne, die Leuchtende, die Immerwiederkehrende, und die Zeit rinnt.

*

Als ich aufwache, steht eine Glaswelt vor dem Fenster, ein unglaublich klar gezeichneter Himmel mit präzisen Punktwolken, es herrscht Föhn! An diesem Tag kann alles geschehen, an diesem Tag kommt sie ...

Ich muß dazu etwas weiter ausholen. Es ist dies eine eigenständige Wetterlage für München, ein warmer Fallwind von Süden her, der die Gemüter mit drastischen Fernblicken beglückt und auch bedrückt, beides zugleich. Die Schneealpen bis hinauf nach Ötz und Ziller stehen sengend scharf über dem Marienplatz, das Führerhaus am Obersalzberg als Ansichtskarte, die lange Kette des Wilden Kaiser unmittelbar über dem Kaufhaus Beck, das heißt, man muß schon hinauf auf den St. Peter, um sie zu sehen. Auch so eine Eigenheit Münchens, der «Alte Peter» steht da wie ausgesägt, von vorn breit und hoch mit einer gehörigen Barockkuppel, von der Seite gesehen jedoch platt wie eine Pappscheibe, und die Kuppel wie ein dünnes Würstchen. Davor haben sich die Kräuterweibl postiert. Noch eine Eigenart. Mit neun Röcken über den von Haus aus stattlichen Unterbauten, und sie verkaufen dir Kräutlein, von denen du noch nie gehört hast: Fingerwurz, Miefer, Stechapfel, graue Feldbilche. Sie verkaufen dir einen Winzling im Töpfchen, der sich Liebswohnerle nennt.

Wenn du ihn in ein leeres Zimmer stellst, ist es bewohnt.

Und das Ganze am Sonntag, im Sommer, in München, eines Tages werde ich das alles verdichten und den großen Münchenroman schreiben. Ein für allemal.

*

Aber nicht heute. – Unser Freigelände ist unter Föhneinfluß übersichtlicher und nicht mehr so groß, gleichzeitig ist es aber viel größer geworden. Man kann von einem bis zum anderen Ende die Haarlinie von Frau Heidenreich klar erkennen. Unter einem Busch blitzt die goldgeränderte Brille auf, und man weiß, wer dort lagert. Oder die alten Damen als Elfenbeinpüppchen. Die Biertrinker haben putzige kleine Biergläser, gelb und weiß, ihre Genitalzonen weisen winzige Hämmerchen auf, und überall sind Brüste zu sehen, in der Größe von Senfkörnern, mit äußerster Präzision dargestellt.

Aber ich sehe noch etwas: Den quadratischen Menschen als solchen. Ich weiß nicht, was das ist, ist es die Föhnluft, daß ich durch die Haut hindurchsehen kann: Das pulsierende Herz, das ganz klein und bescheiden schlägt, anscheinend hat der gestrige Anfall doch seine Spuren hinterlassen. Vielleicht ist es an der Zeit, denke ich, ihm den Gnadenstoß zu versetzen.

Die gesamte Menschheit gestochen scharf in Miniatur, ich sehe, sie ist einen weiten Weg gegangen. Vom geduckten ersten Menschen – und damit ist der allererste gemeint, der noch käseweiß ist – bis zum Homo erectus, stolz dahinschreitend. Vom Urzustand bis hin zu den zementierten Besitzständen an der Wasserfront, sexistisch, rassistisch und schön mit dem immer noch gehuldigten Ideal eines Torso von Arno Breker.

Gerade eben sehe ich einen solchen in unmenschlicher Schärfe am Beckenrand stehen.

Ich glaube, kein Nordländer wird die Föhnlandschaft je begreifen, sie ist eine Landkarte mit ganz genauen und verständlichen Eintragungen. Und gleichzeitig ein vollkommenes Mysterium. Ich habe mir später oft überlegt, ob an einem anderen Tag in einem anderen Licht ich die Erscheinung überhaupt wahrgenommen hätte.

Aber hier kommt sie …

*

Nein, vorher, sozusagen als Einstimmung erschien noch der kleine Priap – ich habe ihn so genannt, weil er wirklich so heißen sollte, und hiermit drehe ich den Tag noch einmal zurück, ganz bis zum frühen Morgen, als ich soeben das Bad betrete. Ich war fast der erste hier, entdeckte nur noch zwei frühe Herren hinten an der rechten Ecke des Beckens, überall gab es noch freie grüne Wiese und freien Beton. Ach ja, Frau Lempe im Gebüsch, die war allerdings auch schon da, hielt sich wie immer kurzsichtig die Zeitung vor die Augen und hätte schon aus diesem Grunde nichts bezeugen können, mit ihrer Lesebrille.

Ich hatte mich noch nicht hingelegt, unschlüssig, ob ich nun vorn an der Schmalseite oder in der Mitte meinen Platz beziehen sollte, denn noch gab es die freie Auswahl. Als dieses Männlein um die Ecke kam. Ich kannte es, ich hatte es immer als tragisch empfunden, weil dieses schmächtige Männlein den absurd großen Kopf eines Bankdirektors besaß, gediegen und sehr ernst. Vielleicht war er Schuster in einem Souterrain an der Ecke, ich weiß es nicht, jedenfalls hatte er schwer an seinem Kopf zu tragen – und wie sich nun zeigte, nicht nur an seinem Kopf. Wie er da um die Ecke kam.

Mein Gott, das haben wir ja gar nicht gewußt.

Der hatte immer still und abseits auf seinem Badetuch gesessen, den lieben langen Tag, unauffällig und wenig sichtbar, das heißt, einige Male war er mir doch aufgefallen, weil er sich so gar nicht bewegte. Im Sitzen hielt er seinen Oberkörper merkwürdig steil, aber auch im Liegen immer etwas aufgerichtet, als ob er eine Strebe für den zu großen Kopf benötigte. Und nun, an diesem schönen Morgen, an dem man von hier aus einen Hufnagel in Germering hätte erkennen können, trat er plötzlich frei in Erscheinung.

Sehr frei.

Stieg ins Becken und nun stand er da, im Seichten, ganz allein im vorderen Viertel, wo sonst die Kinder spielen. Das Wasser reichte ihm die Oberschenkel hinauf bis knapp unter den Bauch und genau bis dahin. Weshalb ich das sorgfältig bestimme? Mein Gott, wir haben es wirklich nicht gewußt, der Mann hatte ein ungeheuerliches Glied! Mir wäre, hätte ich selbst dort gestanden, das Wasser gerade übers Knie gegangen, er aber war dort wie nach dem goldenen Schnitt postiert, wie ein Torso auf dem Sockel. Wahrscheinlich hatte er sich deshalb genau diese Stelle im Wasser ausgesucht, und möglicherweise nicht zum ersten Mal. Seine Hoden, das heißt, einer von ihnen, der etwas tiefer hing, berührte gerade die Wasseroberfläche, das konnte man erkennen, weil das Glied, das Organ, der Baum oder wie man es nennen wollte, frei nach oben stand.

Und zwar – hier merkte, glaube ich, jeder der Anwesenden mit Ausnahme von Frau Lempe auf –, und zwar senkrecht nach oben. Man muß sich das so vorstellen, das Ding war fast einen halben Meter lang, stand zunächst einmal waagerecht aus dem Körper heraus, um aber dann mit einer perfekten Biegung in der Vertikalen hinaufzustreben. Und das praktisch im Alleingang – wir, die zufällig viel zu früh Anwesenden, zählten gar nicht.

Um auch das klarzustellen.

Ich habe oft mit gewisser Achtung daran denken müssen, es ist sicherlich keine Zurschaustellung gewesen, der Mann war völlig in sich gekehrt – Gott Priap persönlich. Da hatte dieser stille Mensch mit dem lächerlich großen Kopf eines Bankdirektors, was sage ich, eines Zentralbankdirektors seine stolze Existenz gefunden.

In der Ewigkeit der Morgenstunde.

7

Bebte die Erde, stand mein Herz still, sprachen die Götter? Ich glaube alles zusammen, ja, mein Atem stand auch noch still. Es war – so etwas gibt es natürlich nicht – die Liebe, der Blitzschlag, der Sturz aus rotem Himmel, der mir widerfuhr. Wie nie zuvor im Leben. Ich hatte nur immer geglaubt, es sei mir widerfahren.

Kam das Mädchen ganz nebenher durchs Gelände direkt auf mich zu – der ich am Einstieg zum Schwimmbecken lag –, ein wenig verunsichert, ja, mit gerunzelter Stirn, als sei ihr hier nicht ganz wohl zumute. Vielleicht hielt sie sich für zu dick, Frauen verstehen davon nichts. Doch als sie an mir vorbeiging, sehr groß und aufrecht, strahlte sie – nein, sie lächelte mich nicht an, mich schon gar nicht, sie strahlte, hatte ganz helle goldene Augen, die mich anfaßten. Zurück blieb verbranntes Land – – – mein Name, meine Vergangenheit, alle Vorlieben und Eigenschaften, jemals, mein gesamtes Alles, alles verbrannt.

Ich hatte dann Gelegenheit, sie im Wasser stehen zu sehen, ganz vornean, wo es noch flach ist, ihre Rückenansicht mit kleinen Rückenknöchelchen und sehr delikaten Schulterblättern. Sie stand dort eine Weile, von vorn beleuchtet, für mich also im Gegenlicht, trat noch etwas tiefer, bis ihr das Wasser zur Taille reichte, aber so blieb sie dann wirklich stehen, sehr lange, ich dachte: Was macht sie denn, meditiert sie über Wert und Unwert? Die Nackenlinie leicht zur Seite und nach vorn gebogen. Sie hatte ihre Haare hochgesteckt, so daß am oberen Nackenrand eine leichte Vertiefung zu sehen war, eine Kuhle. Ich konnte mir vorstellen, daß der Friseur daran seine Freude hatte, und bemerkte an dieser Stelle, daß ich bereits eifersüchtig war.

Plötzlich sah sie zerbrechlich aus.

Nein, das Mädchen hatte sich nicht gerührt, vielleicht ihre Nackenlinie etwas gedreht, ihr Hals war ein Lilienstengel, auf dem ein sehr kleiner Kopf aufsaß, ihre Schultern schmal, fein gekerbt, und der übrige Oberkörper noch viel schmaler und sehr, sehr fein gekerbt, so daß die Rippen zu sehen waren. Wie hatte ich denken können, sie hielte sich für zu dick, vielleicht hielt sie sich für zu dünn? Und dann, als ich noch darüber nachdachte, wie sie wohl von vorne aussehen möchte, tauchte sie plötzlich unter und schwamm in mächtigen Zügen davon.

Das paßte nun nicht zusammen. Die Mächtigkeit.

Wie ist dein Name: Petula? Indra, Julia, May, June, April (Eprill)? Oder vielleicht Sita? Ich glaube, ich wußte es sogar.

Inzwischen konnte ich das Mädchen in Abständen und an mehreren Stellen des Schwimmbeckens wiederentdecken: Sie schwamm die Länge hin und her, und ich erkannte sie an der weißen Haarklammer, sie schwamm übrigens in der Rückenlage einen unerhört langen, schlanken Schwimmstil, wie ich ihn noch nie gesehen hatte. Fast beängstigend schlank für meinen Geschmack. Und dann sah ich sie nicht mehr, ich verrenkte mir den Hals, weil ich sie weder unter den Schwimmern noch irgendwo hinten am Rand des Beckens entdecken konnte. Meine Schöne, Strahlende, meine Bewegliche? Vielleicht war sie auch schon gegangen, und ich hatte nicht genügend Obacht gegeben? Hält man es für möglich, ich erlitt hier einen schweren Verlust, von dem ich vor einer halben Stunde noch gar nicht gewußt hatte, daß ich ihn erleiden könnte.

Und dachte noch, wie war das möglich, wie konnte das passieren. Als sie direkt vor mir im Wasser stand. Hatte mich offensichtlich unterlaufen und befand sich an der alten Stelle, nur daß sie diesmal die Vorderseite präsentierte. Mein Gott, dachte ich, sie ist kein Mädchen, sie ist eine Frau, sie hat richtige Brüste, jetzt sehe ich es erst richtig. Das Gesicht schmal, fast kindlich, nicht mehr ganz so jung – da hatte ich mich wohl geirrt –, beherrscht von einem ganz hellen, einem hellgoldenen Strahlen. Also darin hatte ich mich nun nicht geirrt.

Und sie sah mich an.

Lächelte? Lächelte tatsächlich, und zwar in meine Richtung, so daß ich mich vorsichtig umdrehte, zu sehen, wen sie denn anlächelte, aber da lag nur der Herr Bodenhöfer und den konnte sie ja nicht gut angelächelt haben. Herr Bodenhöfer kam jeden Morgen, um seine Psoriasis zu sonnen, aber das war eine andere Geschichte, gegen Mittag verschwand er dann wieder. So daß ich sie fragte – – ich weiß, es war eine entsetzliche Frage:

«Kennen wir uns nicht?» – – – Wir kannten uns tatsächlich, aber das war sehr lange her, sie sagte später einmal zu mir, ich hätte in diesem Moment wie ein armes Tier ausgesehen, ein Reh im Scheinwerfer. Na ja.

«Kennen wir uns? Sind Sie Buchhändlerin?» Sie aber verstand: Buchhalterin, und fand mich komisch. Denn jetzt stieg sie aus dem Wasser. Wohlgemerkt, bis zur Taille bedeckt hatte ich sie bisher – eine halbe Stunde lang – als ein Wasserwesen geliebt, als ein fernes schlankschwimmendes Element, das man sowieso nicht hätte greifen können. Aber nun sollte sie irdisch werden? Darauf war ich gespannt.

– – –

Sie wurde. O mein Gott, sie wurde ganz und gar irdisch. Die Wasser teilten sich, die Hüften wurden sichtbar, beidseitig gewachsene Schönheiten, die auftauchten. Und noch weiter auftauchten. Ich glaubte es nicht, da gab es unterhalb der ersten ungeheuerlichen Kurvatur noch eine zweite ungeheuerliche, ich hatte so etwas noch nie in Wirklichkeit gesehen, allenfalls in speziellen Fruchtbarkeitsmuseen. Wie sich da im Doppelschwung die prunkvollsten Hüften herausschwangen. Eine Astarte war das, eine Shakti, eine cyprische Aphrodite!

Ich glaube nicht, daß ich wie ein Reh ausgesehen habe, eher wie ein geblendeter Bock, der nicht glaubt, was er sieht: Urlandschaften, Kulturen, Subkulturen, ganze Kontinente! Ich übertreibe gar nicht, immerhin bin ich Historiker und darf mich auch einmal begeistern. Ich kann sehen, und ich erkenne die archaische Landschaft, wenn ich sie sehe: Gut und Böse, Aufstieg und Niedergang, alle Lüste und Instinkte und das Abenteuer der Menschheit!

Und als sie ganz herausgestiegen war, diese Weibslandschaft, da sagte sie: «Nein.»

Keine Buchhalterin.

*

Damit entschwand sie aus meinem Leben. Unaufhaltsam. Ich sehe sie noch, wie sie zwischen den Sonnenbadern einherging, hier und da ausweichend, um einen Busch herum und noch einen Busch. Und verschwand.

Ich habe den ganzen nächsten Tag auf sie gewartet, den nächsten auch, sie kam nicht wieder. Mittwoch, Donnerstag, Freitag habe ich gewartet und die ganze darauffolgende Woche.

Was ist es gewesen, ich wußte es nicht. Im Grunde waren es nur ein paar Proportionen, die mich aus dem Häuschen gebracht hatten. Die Diskrepanz zwischen stengeldünn und weitausladend, das Verhältnis von Umfängen, von Zentimetern also. Was sollte daran tödlich sein? Es war aber tödlich.

Nächtelang lag ich wach und sah das Bild der Göttin groß bis zur Decke aufragend, so große Mädchen hatte es früher nicht gegeben – meine Frauen waren anders gewesen. Das Mondlicht wanderte über den Vorhang, sehr langsam, stetig, bisher hatte ich nie gesehen, daß der Schatten des Balkonvorsprungs, ein Stockwerk höher, einen fliegenden Drachen auf die moosgrüne Seide zeichnet. Einen Flugdrachen, der in fünf Stunden von der rechten oberen Ecke zur linken unteren fliegt. Am Tage wartete ich im Schwimmbad. Noch eine volle Woche. Dann wollte ich es mir nicht mehr zumuten und ließ mich zum Wochenende nach Starnberg auf ein Seegrundstück einladen, wo ich dem Gastgeber mit meiner Verfassung wahrscheinlich schwer auf die Nerven fiel: Ich war der mittlere Herr vorn am Steg, der sich auf lächerliche Weise in den Seehorizont verlor, eine durch und durch traurige Begebenheit. Da half alle exquisite Gastfreundschaft nichts – und sie war, von den Sonnenschirmchen auf den Drinks bis hin zu den polierten Bootsplanken, wirklich exquisit –, mir konnte keiner helfen. Das Gästehandtuch stammte aus Japan.

Zum Abendessen gab es pochierte Steinbuttklößchen auf Maronen, vorweg eine Ingwersuppe und zum Abschluß Soufflé meringue. Es wurde ein charaktervoller Chamboussain gereicht, auf der trockenen Seite, oder sagen wir, sehr «erden», sehr schön, hinterher eine Menge Schnaps. Am Montag lag ich dann ernüchtert und vor allem verkatert wieder im Jakobi-Bad, ernüchtert, weil ich die Wahrheit erkannt hatte und wußte, wo ich mich befand. Nämlich im Jakobi-Bad in allerbester Gesellschaft mit mir selbst.

Es gab eine deprimierende Sonne, die mich nicht bräunen konnte, da ich schon braun war, die Bäume waren grün wie sonst (?), außerdem würden sie es nicht mehr lange machen. Glockengeläut? Montags gab es kein Glockengeläut. Ach ja, da war eine Dame gestern auf dem Fest gewesen, eine Psychologin, erfahrene Frau und modisch interessiert, sogar sehr interessiert, die hatte mich noch mehr deprimiert. Ich glaube, mit mir war nichts mehr anzufangen, jetzt wollte ich draußen eine scharfe Currywurst essen, dazu mußte man sich wenigstens eine Badehose für das Gartenlokal anziehen, und das war mir in meiner Verfassung auch egal (meinetwegen auch ohne), zuvor wollte ich noch kurz schwimmen.

So war es.

Ich schwimme durch das lauwarme Wasser, denn obwohl es im Jakobi-Bad frisch zirkuliert, ist es trotzdem lauwarm gegen Mittag, mir auch vollkommen egal. Schwimme dahin, in meinem nicht so guten Schwimmstil, und als ich am Ende des Beckens einen Augenblick auftauche, befinde ich mich direkt vor den hellgoldenen Augen.

Es ist dort nicht so tief, daß man nicht stehen könnte, also stelle ich mich hin.

«Sie sind es!»

«Ja.»

Im Augenblick habe ich das Gefühl einer totalen Zeitverschiebung und bin mir auch heute noch nicht ganz im klaren, ob es nicht eine gewesen ist.

«Ich habe zwei Wochen auf Sie gewartet, aber Sie sind nicht gekommen.»

«Das konnte ich nicht», strahlt sie, «ich war zwei Wochen bei meinen Eltern. In Siegen. Da konnte ich nicht gut kommen.»

Das stimmte, also geleite ich sie zum Rand des Beckens, wo man, auf die Steineinfassung gelehnt, im Wasser stehend ein Gespräch wie an der Bar führen kann:

«Ich habe mich entsetzlich in Sie verliebt», sage ich.

Sich unglücklicher auszudrücken, wäre kaum möglich gewesen.

– – –

«Und ich kann Ihnen das auch nur deshalb gestehen, weil es zu spät ist: Ich bin ein alter Mann.»

Sie lacht.

«Wie alt sind Sie denn?»

«Fünfzig», sage ich viel zu schnell und weiß im gleichen Moment, wie groß der Schaden ist, den ich angerichtet habe. Denn ohne weiteres kann ich für Ende Vierzig durchgehen, wenn ich es darauf anlege. Für vierzig?

«Können wir uns trotzdem duzen», sie lacht auf wundervolle Weise, ihr Name sei Juliaan, das sei holländisch mit zwei «a», aber das könne niemand aussprechen.

«Juliane!»

Sie nickt (auf wundervolle Weise).

«Mein Name ist Alexander», erkläre ich.

*

So stiegen wir denn gemeinsam aus dem Wasser, sehr zum Erstaunen meiner alten Damen, die den Vorgang mit angesehen, möglicherweise mit angehört hatten – im Jakobi-Bad spielt sich jedes Drama auf Armeslänge ab –, und denen nun, da wir aus dem Wasser stiegen, die Augen aus dem Kopf fielen, weil sie das Mädchen Juliane noch nicht im Ganzen gesehen hatten. Frau Kastenmair, die immer auf der rechten Hüfte lag, soll gesagt haben, da hätte sie ja auch noch Chancen.

Den Rest des Tages verbrachte ich im Hochgefühl – allerdings will ich gleich vorausschicken, daß ich am selben Abend noch dreimal zusammenbrach. Ich glaube, daß ich auch nicht richtig sprechen konnte, nicht gerade stotternd, aber kloßig und mit wenig Vernunft. In der Woche zuvor hatte ich voller Hoffnung zwei spektakuläre Badetücher gekauft. Sie stellten auf der Vorderseite einen halben grünen Baum auf gelbem Feld dar, auf der Rückseite einen halben gelben Baum auf grünem Feld, die aber zusammengelegt einen ganzen Baum ergaben. Da lag ich mit der Schönen, erzählte ihr die unglaublichsten Geschichten, konnte nur hoffen, daß niemand zuhörte. Zum Beispiel breitete ich ein gewaltiges Panorama aus, in dem wir uns bereits vor dreitausend Jahren geliebt hätten, in den Gärten von Ninife, vor zweitausend Jahren auch, im sumerischen Aleppo, das damals Bibliosse hieß.

Vor tausend Jahren?

Vor tausend Jahren auch.

Das Karma, legte ich dar, habe uns zusammengeführt, immer wieder, durch die Jahrtausende, als Könige oder Bettler, in guten und bösen Zeiten, und wenn nicht in diesem, dann im nächsten Leben. Fast glaubte ich selbst daran. Ließ mich nur gelegentlich frühgeschichtlich und althistorisch davontragen: In Batseba, im ersten Reich Assyrien, etwa, kamen wir gleichgeschlechtlich zur Welt und hatten große Mühe, unser beider Gefühle zu ordnen.

«Ich kenne und erkenne dich», rief ich aus, «wo immer und wie immer, als Herrin oder Sklavin, Russin oder Chinesin, in jeder Inkarnation, als Zimmerlinde oder Taube, immer werde ich dich erkennen.»

So auch dieses Mal.

Zwei Stunden im Hochgefühl.

Das ewige Paar.

Zum Entsetzen der alten Damen, die uns so dicht voreinander flüstern sahen und wahrscheinlich dachten, daß wir uns zwei Stunden küßten. Nur daß es eben viel zu spät war, vor zehn Jahren vielleicht, noch besser vor zwanzig.

«Juliane», rief ich aus, «willst du mich heiraten?»

Sie sah mich sehr lange prüfend an:

«Ich werde dich Alex nennen.»

– – –

8

Sie nahm mich mit zu sich nach Hause.

«Möchtest du mit mir kommen, Alex?»

An diesem fliegenden Abend.

Ich hatte nicht gewußt, daß München so viele Lichter hat. Wir fuhren durch die Ainmillerstraße über den Rotkreuzplatz, Donnersbergerbrücke, durch die Trappentreustraße, und jedes Haus war gelb und gold, rot und rosenfarben. Alle Ecklokale fürstlich erleuchtet mit juwelenbesetzten Baldachinen. Ich hatte nicht gewußt, wie viele illuminierte Bierseidel München aufweist, wie viele Lichtsäulen und Leuchtampeln, und über allem der Fernsehturm wie ein gleißendes Szepter.

«Herrgott», rief ich aus, «wie schön ist München, wie kommt es, daß es so schön ist.»

Der Taxifahrer fuhr dezent, drehte sich auf der ganzen Strecke bis zur Gertrudenstraße kein einziges Mal um, bis zu einer Wohnanlage mit hintereinandergestaffelten Blökken, jeder Block zwölf Stockwerke hoch, und dort im dritten Block, eine Treppe hoch, durch einen rechts und links von Türen flankierten Gang hindurch, im Apartment 113 wohnte sie, Juliaan Fabergast, meine Göttin.

*

Mit großen Erwartungen?

Eigentlich ja.

Es fiel mir nicht gleich auf, als ich die Wohnung betrat. Der Grundriß war mit einem Blick zu überschauen, eine Wohnschachtel mit Wohnzimmer, Kochnische und der üblichen Glasfront zum Balkon hin, dazu ein kleines

Badezimmer, dessen Tür offenstand. Vor dem Balkon das zwölfstöckige Wabenmuster des nächsten Blocks als Ausblick. Auf dem Balkon eine Liege am Geländer.

«Liegst du da?»

Die Fenster des gegenüberliegenden Wabenmusters waren teilweise hinter Balkone zurückverlegt, teilweise vorn in die Mauer gesetzt, so daß sich durchgehende Senkrechten ergaben. An einem der Fenster stand ein Mann, stützte sich am Sims ab.

«Jeden Morgen, ab fünf.»

«Ab fünf?»

«Da ziehe ich um, wenn die Sonne herumkommt.»

Augenblick mal.

«Bis um acht, dann geht die Sonne wieder weg.»

«Augenblick mal», sagte ich, «du stehst mitten in der Nacht auf, legst dich hier draußen hin und schläfst weiter?»

Ich war skeptisch.

«Wegen der Sonne?»

Ich war eigentlich sehr skeptisch.

«Sag mal», fragte ich vorsichtig, «liegst du da nackt?»

Sie strahlte. «Alex», sagte sie, «du bist altmodisch.»

«Und was ist mit diesen Fenstern.»

«Die sind weit weg.»

Es waren, wie ich feststellte, höchstens dreißig Meter über den Hof bis zur Fensterfront, und es waren – ich überschlug die Zahl – bei zwölf Stockwerken und bei acht Fenstern pro Stockwerk fast einhundert, die auf diesen Balkon blickten. An dieser Stelle wurde ich aber doch skeptisch, und als ich die Liege ausprobierte und über die niedrige Balustrade peilte – sie bestand in der oberen Hälfte nur aus einem Gestänge –, da erlitt ich doch einen gelinden Schock: Meine Göttin jeden Morgen um fünf den Blicken von einhundert schmutzigen Männern preisgegeben? Die extra zu diesem Zweck früh aufstanden? Ich besitze leider genügend Phantasie, um sie mir vorzustellen, die Männer mit den Ferngläsern, möglicherweise mit einer Vergrößerung von 1:50, so daß sie über dreißig Meter auf einen Abstand von sechzig Zentimeter herankamen? Welch eine Vorstellung! Sie könnten jedes einzelne Haar zählen.

Jeden Leberfleck.

Ich mußte erst einmal tief durchatmen.

Was hatte sie gesagt? Die gehen mich nichts an? Das ist deren Sache? –

Inzwischen saß ich tief durchatmend am Tisch und betrachtete die kleinen Gegenstände, die hier aufgebaut waren: ein winziger Lastenträger aus Stroh, eine rosa Kugel, mit Docht versehen, vier kleine Lumpenpüppchen in einer Reihe zusammengesteckt, ein Big Ben aus Bronze, kleinfingerhoch, eine Emaillebüchse mit den Portraits von zwei irischen Zeppelinkapitänen auf dem Deckel, jedenfalls stand darauf: God bless Ireland. Und ein Halter für Räucherkerzen, von denen sie jetzt eine anzündete, dazu eine ganz leise unterschwellige Musik: Ladadididi ladadididi. Indisch vermutlich.

Aber erst, als ich mich weiter umsah – die Wände waren blaß fleischfarben gestrichen, mitten im Raum stand ein großes flaches Bett, lachsrot bezogen mit einer Unmenge Kissen – erst da fiel es mir auf: Ihre Fenster hatten keine Vorhänge!

Die gesamte durchgehende Fensterfront, vom Fußboden bis zur Decke und von einer Querwand zur anderen, war blank und bloß, keine Blenden, keine Jalousien, keinerlei Markisen oder Rolläden, kein gar nichts. Es waren noch nicht einmal Haken angebracht, wo man hätte etwas aufhängen können. Jeder, der wollte, konnte uns die Bissen in den Mund zählen, wie wir hier am Tisch saßen, im Begriff, die Broccoli vom Teller zu nehmen.

Ich glaube, erst das war der Augenblick, in dem ich zusammengebrochen bin, und nicht nur bildlich, ganz real, jedenfalls lag ich über dem Tisch. Schluchzend. Das nicht gerade, aber wie ein Mann habe ich mich nicht benommen (ein alter Mann).

*

Broccoli, Reis, oder waren es ähnliche Körner, etwas Indianisches aus Peru, Möhren, Zucchini und ein viereckig geschnittener Gemüsestrunk, den ich nicht deuten konnte. Meditative Musik, das «Lied der Ströme», dazu klares Wasser, sehr schön.

Glaubst du an Seelenwanderung? Ja, daran glauben wir sicherlich, jeder auf seine Weise. An die Seelenwanderung.

Nur glaube ich nicht, daß die Seele wandert.

– – –

Ich glaube, daß sie stillsteht.

– – –

Die Zeiten wandern, die Träume.

– – –

Sehr schön.

Es war noch hell draußen, hier drinnen aber durch den überhängenden Balkon vom oberen Stockwerk bereits etwas dämmrig. Und es würde noch dämmriger werden. Unsere Knie berührten sich unter dem Tisch, es war schon fast eine Intimität, deshalb streckte ich die Hand aus und ließ sie dort ruhen. Diese Sommerhaut über dem Knie ist viel glatter als die im Winter, eine luxuriöse Politur ist das, eine Schlangenhaut. Und die Sicht, wie ich annahm, war durch die Tischplatte verdeckt, jemand, der drüben auf dem Balkon stand, sah nur die Teller, die Schüssel mit dem Deckel, die Gläser und die zwei verschiedenen Brotsorten auf der Tischplatte. Das Mädchen Juliane bewegungslos in völliger Hingabe, sozusagen erstarrt.

Ich ließ die Hand ruhen.

Völlig erstarrt.

– – –

«Alex», sagte sie, «das ist mir jetzt zu intim.»

Im selben Augenblick ging das Licht an, und ein junger Mann betrat den Raum. «Hi», sagte er, «was macht ihr? Gibt es was zu essen?» Schleuderte seine Jacke in die Ecke, dann legte er sich rücklings auf die Bettecke, ließ die Beine baumeln. Dann zog er sich die Schuhe aus. Augenblick mal, wo kam denn der her? Eben noch intimes Dämmern und plötzlich grelle Beleuchtung. Das Licht war durch einen

Schirm abgedeckt auf die Decke gerichtet, von dort aber voll aktiv, eine jener leistungsstarken Sparleuchten, nicht angenehm. Jetzt zog er sich das graurote Hemd aus. Legte sich wieder rücklings hin.

«Das ist Bali», stellte sie vor.

«Hi.»

«Und das ist Alex.»

«Hi.»

Daraufhin zog er sich die Hose aus und ging ins Bad. Die Hose, bemerkte ich, war mehr ein Sack, ein durch ein Band zusammengehaltener grauroter Doppelbeutel, der in sich zusammenfiel, als das Band aufging. Darunter war ein ziemlich magerer Hintern erschienen, ziemlich unverhofft. Augenblick mal!

«Es ist sein Tantra-Name», erläuterte sie, «ich weiß nicht, wie er sonst heißt, hier heißt er Bali.»

«Hier?» –

«Im Tantra», erläuterte sie.

Er plätscherte draußen eine Weile, dann hörte man massiv Wasser einlaufen, ein paar dumpfe Schläge, dann Stille. Anscheinend hatte der Tantramann dort seinen Platz gefunden.

«Kann man das Licht wieder ausmachen?» fragte ich.

«Aber ja, Alex.»

Dafür waren aber im Nachbarblock die Lichter angegangen, ein Muster heller und dunkler Fenster, uns beleuchtend, die wir hier saßen. Ein sehr helles Fenster drüben hatte fast die Qualität eines Theaterlichts, während hinter einem dunklen Fenster in gleicher Höhe und direkt gegenüber ein roter Schein aufflackerte. Ein plötzlicher Zimmerbrand? Es war aber anscheinend nur eine Tür, die dort jemand von einem rückwärtigen Raum her geöffnet hatte, dabei wurden zwei Umrisse sichtbar, zwei Männer, nein, ein Mann und eine Frau. Die Tür wurde auch gleich wieder geschlossen.

Ich liebe dich. Und ich liebe dich auch.

Ich legte meine Hand auf ihre Hand und ließ sie dort ruhen, war auch nicht zu intim. In diesem Augenblick ging bei uns das Licht wieder an und eintraten zwei junge Männer, das heißt, einer war schon älter und trug fast die gleiche Hose wie der Bali, der andere Jeans und Jeanshemd, setzten sich – alle beide –, nachdem sie ihre Jacken in die Ecke geschmissen, Schuhe ausgezogen hatten, aufs Bett.

«Das sind Krishnu und Yoko», stellte Juliane vor.

«Krishnu!» sagte ich und hob das Glas Wasser.

«Yoko!», ich hob es noch einmal, und beide nickten.

Yokohama.

Mir kam jedoch der schreckliche Verdacht, daß die Tür zum Gang offenstand. Wurden noch mehr Teilnehmer erwartet? Und auch drüben im Nachbarblock flackerte mehrmals der Zimmerbrand, ich wollte es nicht beschwören, also ich sah jetzt drei, ich glaube, sogar vier Silhouetten am Fenster. Inzwischen war Bali vom Bad hereingekommen. Er hatte sich ein Frottiertuch um die Hüften geknotet, auch trug er ein braunes Stirnband, offensichtlich einen Strumpf. Bali. –

Sie alle setzten sich zu Tisch, Bali, Yoko und Krishnu, letzterer jetzt ohne Hemd, füllten sich das Körneressen in viereckige Keramikschalen, je mit einem Zweig Rosmarin versehen, welcher dann wie ein kleiner Mast aus dem Brei stand. Machten sich über das Essen her. Wasser wurde auch gereicht.

Krishnu stand auf und ließ nun seinerseits die Hose fallen. Ging ins Bad, sein Hinterteil war etwas behaart, wie ich feststellen mußte, aber nicht viel. Vielleicht sollte ich wenigstens die Schuhe ausziehen, ich war hier der einzige in Schuhen.

«So, Ali», sagte Yoko, «was machst du denn.»

«Er heißt Alex.»

«So? Was machst du denn, Alex.»

«Gar nichts», erwiderte ich, «eigentlich nicht viel.»

«Hört sich gut an.»

«Er studiert Aramäisch», erklärte Juliane, «Chaldäisch, Hethitisch, Hebräisch.»

Yoko nickte.

«Wedisch.»

«Wedisch hört sich gut an», sagte Yoko.

Im Badezimmer lief wieder massiv Wasser ein, es plätscherte eine Weile, danach war Ruhe. Juliane machte sich in der Kochnische zu schaffen, sie zog ihr Kleid aus, einen ärmellosen Hänger aus bedrucktem Kattun, darunter trug sie nur den Slip. Ich schaute hinüber zu den beleuchteten Fenstern, von denen inzwischen einige dunkel waren, direkt gegenüber eine Reihe von fünf.

«Und sonst», interessierte sich Yoko, «was machst du sonst.»

«Römisch. Ich mache Griechisch, Römisch, Phrygisch ...»

Juliane war plötzlich nicht mehr da. Wo war sie? Und diese Laute, die ich hörte, waren auch eigenartig, es waren Seufzer, aber laut und mechanisch, ohne Emotion. Wie man eigentlich nicht seufzt.

«Was ist das?»

«Was?»

«Das!» wollte ich wissen.

«Sie atmen», erklärte mir der Yoko, und der Bali nickte dazu: «Sie atmen.»

Also atmeten sie, allerdings schien das eine sehr ausführliche Atmung zu sein, der Tonlage nach zu urteilen, anfangs noch etwas brüchig, aber nach ein paar Probeläufen steter und lauter werdend, als ob Luft aus einem Druckbehälter herausgelassen wurde. Bis schließlich das volle Gebrüll ertönte.

«Hiiihh – – hiiihh – – !»

«Hört sich gut an», sagte Yoko.

Ich war aufgesprungen und zum Bad gelaufen. Riß die Tür auf, man bedenke, daß mir bis dahin nicht die leiseste Ahnung vom Wesen und Wirken der anderen Generation gekommen war, ich meine, ich hatte mir nie einen Begriff gemacht, es war nie an mich herangetragen worden, hiiihh. Immerhin hätte ja auch ein entsetzliches Unglück geschehen sein können. War es auch! Juliane saß strahlend vor dem Krishnu in der Badewanne, beide in aufrechter Position, beide gewaltig atmend. Dazu hatten sie beide – man denke – die Zunge zur Röhre gerollt, durch die sie diese Töne von sich gaben.

«Hiiiiiiihhhh – – »

– –

Das war es dann gewesen.

Hier und an dieser Stelle bin ich zum zweiten Mal zusammengebrochen, bildlich gesprochen, nicht wirklich, denn ich hielt mich ganz gut auf den Beinen. Es war wohl die Heiterkeit, die mich umbrachte, das frohe Unterfangen und die Kerzenbeleuchtung im Bad, sie war festlich. Dazu strahlte mich Juliane voll an, in dieser Beleuchtung.

*

Im Totenreich.

Als ich wieder im Taxi saß und durch die Stadt nach Hause gefahren wurde, war diese eine außerordentlich dunkle Stadt, ohne jegliche Illumination, höchstens daß ein paar Funzeln an den Ecken brannten, aber auch die fast am Erlöschen – wahrscheinlich war der Taxifahrer eine andere Route gefahren.

Jawohl, es hatte noch ein drittes Mal gegeben, draußen, als ich über den gepflasterten Hof flüchtete und nicht wußte, ob mir noch jemand nachblickte. Vom Badezimmerfenster her oder vom Balkon. Und mich nicht umsah, und dann doch: Da war der Jemand wohl schon wieder vom Balkon zurückgetreten. Jawohl, das war das dritte Mal, daß ich umfiel, direkt auf das Pflaster, hatte nicht genügend achtgegeben.

*

In dieser Nacht träumte ich von einem Blau, das ich nicht verstand. Es war ein unglaublich blauer Traum. Das Blau war eine Sonne, den ganzen Himmel verdeckend, in der Tiefe schwarz, zum Rand hin kreischend grell hellbau, fast weiß und dennoch blau.

Meine Schöne streckte sich, und ich war der glücklichste Mann der Welt, schwamm in einem Meer von Glück, und im Aufwachen ist es mir, als hätte ich von einer Vergangenheit geträumt, die stattgefunden hat –, während jetzt, da ich aufwache, eine merkwürdige Zukunft stattfindet: Der viereckige Sonnenfleck dort auf der Fensterbank ist Zukunft, mein abgrundtiefes Befinden ist Zukunft und das Gezwitscher der Vögel draußen eine fast überzeugend realistische Beigabe.

9

Mein Herz ist voller Haß.

Es vergeht keine Stunde, in der ich nicht an dich denke.

Und die Trauerarbeit ist gut für gar nichts.

– – –

Wenn ich jetzt ihre Geschichte erzähle – wie ich sie eines Tages erfahren habe –, dann nur, um einen Schlußstrich unter eine ziemlich lächerliche und unpassende Beziehung eines älteren Herrn zu einer gewissen Dame zu ziehen. Und es soll hier auch nichts gerechtfertigt, nichts begründet und schon gar nichts beschönigt werden. Nur daß sie, die Beziehung und die Dame, endgültig abgeschrieben waren.

In Haß und Liebe, wie man es nennen mag.

Sie stammte also aus Siegen, zweiunddreißig Jahre alt, Tochter eines Kneipenwirts, eines Kneipjehs. Oh, sie hatte etwas von Gastronomie gefaselt, es ist aber eine Kneipe gewesen, in der sie aufgewachsen war. Eine der schlimmeren Sorte. Vor den Werktoren einer Kanalrohrfabrik gelegen, wo nach Werksschluß die Rohrleger sich eine Seelenstärkung genehmigten, eine fröhlich feuchte. Oder es kann auch eine Lederfabrik gewesen sein, ausgezeichnet durch scharf säuerlichen Geruch, durch Streikwellen und anhaltendes Pfeifen um fünf, woraufhin eine ähnlich feuchtfröhliche Kategorie in die Kneipe strömte. Jedenfalls alles Männer (nur Männer), die schließlich ihren Spaß haben wollten nach der schlimmen Arbeit, die sie verrichteten.

*

In diesem «Milieu» mußte die Zwölfjährige mit Bier und Doppelstöckigen bedienen. Das hat es nie gegeben?

In Siegen ja. Da zwängte sich das Kind mit dem runden Tablett voller Pils mit Musik zwischen den Tischen hindurch, bis weit nach hinten, wo sich der lange Schlauch der Kneipe in dichten Schwaden verlor. Während der Vater vorn am Tresen alle Hände voll zu tun hatte, die Zapfhebel zu betätigen, die Stampen vor die Stehgäste zu stellen und vor allem die Luft aus den Gläsern zu lassen, die das Kind nach hinten trug. Ich konnte sie in dieser Geschichte fast riechen: die Bierfahnen, die Zigarettenwolken, das Spülwasser, und, ganz hinten am Ende des Schlauches, den leisen Anflug von Urin; der rührte von der Tür mit dem roten Lämpchen her.

Man muß nicht unterstellen, daß die Männer schmutzig waren, fröhlich ja, in ihrem Bierdunst, und ein bißchen schmutzig vielleicht. Aber sie hatten Hände, und der Weg war weit, die Tische eng beeinander, und das Mädchen Juliaan hatte mit zwölf bereits einen ausgeprägten Körper. Besonders hinten.

Wie viele Klapse sie bei jedem Durchgang einstecken mußte, bei wie vielen Durchgängen pro Tag, ist vielleicht noch zu zählen. Aber pro Woche, pro Monat, pro Jahr? Und es geschah im dreizehnten, im vierzehnten, im fünfzehnten Lebensjahr. Der Vater vorn an der Theke legte sich eine rote Knollennase zu bei seiner Tätigkeit, während die Mutter in der Küche Bockwürste heiß machte und durch ein Guckfenster in der Tür den Lebenswandel ihrer Tochter argwöhnisch verfolgte, um sie am Abend durchzuprügeln, weil sie sich hatte anfassen lassen.

«Und – hast du dich anfassen lassen?»

«Nie wieder! Von keinem Mann!»

– – –

Dieses Gespräch fand am Ende einer äußerst traurigen und auch destruktiven Woche statt, während derer sich meine alten Damen, von einem siebten Sinn befähigt, als äußerst hilfreich erwiesen hatten. Sie hatten mir Honigbonbons zugesteckt, Äpfel und Birnen und überhaupt meine offenkundige Misere mit einer Menge liebevollen Zuspruchs bedacht.

So lag ich an diesem Tag, relativ geheilt, an der Ecke des Pools, wo man eine strategische Position sowohl zur Breitseite als auch zur Schmalseite einnimmt. Lag da mit geschlossenen Augen auf dem Rücken. Als ein Schatten auf mich fiel, ich spürte den leisen Temperaturunterschied, den «Geist» eines Schattens, der mich anrührte, auch verdunkelte sich das Rot vor den Augen ein wenig. Was war das?

Was war geschehen?

Mein Herz stockte, mein Atem, mein alles – – es sprachen die Götter, eine Göttin sprach:

«Wie geht es dir, Alex?»

«Gut.»

Es wurde mir sofort klar, daß ich überhaupt keinen Charakter besaß – jetzt hatte sie auch noch die Haare geöffnet, die ihr als braune Flut über Schultern und Rücken flossen –, kein Mark und kein Bein. Daß ich überhaupt sprechen konnte, war schon ein Wunder. Sie kam, erschien auch nur als Schatten, und ich fiel sofort um, ich lag bereits, ein Käfer, der mit den Beinen rudert.

Der Alexander.

So begann alles aufs neue. Sehr zum Entsetzen meiner alten Damen, die, nach allem Trost und Beistand, uns wieder einträchtig beieinanderliegen sahen. Ich kann es ihnen nicht verdenken. Aber was hätte ich anderes tun sollen, als in einem Meer des Glücks zu versinken, ich frage, was anderes wäre mir übriggeblieben? Montag, Dienstag, Mittwoch kam sie nicht – sie war Heilgymnastin in irgendeiner Praxis in der Innenstadt. Ich sah sie erst wieder am Donnerstag.

Juliane.

«Aber was ist mit dem verdammten Krishnu?» fragte ich.

– – –

«Was mit dem Bali und dem verdammten Yoko! Die dürfen dich anfassen?»

«Das sind Tantramänner.»

«Das ist ja grauenhaft.»

«Das ist Tantra», erklärte sie milde und süß, «davon verstehst du nichts, Alex.»

«Davon verstehe ich sogar sehr viel», entrüste ich mich, «wenn überhaupt irgend jemand, dann bin ich derjenige.»

Ich bin Tantrologe!

*

Die Geschichte des Mädchens Juliane ist nämlich noch nicht beendet, sie beginnt überhaupt erst mit den Ungeheuerlichkeiten, die ich erfuhr, während meine alten Damen dachten, wir hätten uns weitere zwei Stunden lang geküßt.

Tantra ist eine Heilslehre aus dem alten Indien. Die Erfindung des heiligen Genitals. Es ist das Auflösen des Ichs in der Ekstase, das Aufgehen in Brahma, in Gott, ein religiöses und sexuelles Ritual. Erfunden von asketischen Mönchen als Gegenbewegung zur Askese, vor tausend Jahren, eine Lehre der Bejahung. Verbreitet und ausgeübt trotz Todesstrafen und Verdammung: Sexuelle Erfüllung ist nicht das Ziel, sondern der Weg. Vom Niederen zum Höheren, zum Höchsten.

Zum Lobe Gottes.

Als Tantrologe verweise ich auf die präzisen und sehr schwierigen «Praktiken höchster Gotteserfahrung» (Upanishana), das «Reiten der Welle» und «Lingam-Askese»: Das Anhalten des Orgasmus eine Haaresbreite vor der Ejakulation, auf dem Gipfel der Ekstase, zehn Minuten lang, zwanzig Minuten in höchster Konzentration. Eine Stunde, man denke! Meister sollen es auf vier, auf vierundzwanzig Stunden gebracht haben, bis zur Nimmerwiederkehr – das ist historisch.

Aber doch nicht in Siegen!

– – –

In Siegen also hatte das Mädchen Juliane angefangen, ihrerseits in die Kneipen zu gehen, damals war sie achtzehn Jahre alt. Sie hatte angefangen, sich an den Männern zu rächen, Nacht für Nacht saß sie in den Kneipen, jede Nacht in einer anderen, von spät bis früh, und wenn sie morgens nach Hause kam, wurde sie von der Mutter regelmäßig verprügelt.

«Zu rächen?»

«Ja, zu rächen.»

Sie wußte, wie man das macht, wie man «anmacht», hatte ja eine lebenslange Erfahrung und genügend oft gesehen, wie man aus den Augenwinkeln heraus lauerte, wie man den Mund vorschob, sich drehte und schlängelte. Und wenn die Männer dann ganz hart waren, durften sie sie nicht anfassen. Niemand durfte sie anfassen.

«Geh'n wir zu mir oder geh'n wir zu dir.»

Dort habe sie die Männer angefaßt. Reihenweise habe sie die Schwänze, einen nach dem anderen, jede Sorte von Schwanz gepackt, geschwengelt und rausgerissen. Na ja, nicht ganz, aber fast. Nacht für Nacht.

Sexuell völlig verkorkst.

«Langsam kommt mir eine Ahnung», sagte ich, «wenn du dich an mindestens einem Mann pro Nacht gerächt hast, dann sind das ...», ich rechnete nach, bei sieben Männern pro Woche, bei zweiundfünfzig Wochen, «... dann sind das über dreihundert Männer im Jahr!»

«Mindestens.»

«Mit neunzehn!»

«Ja.»

«Mit zwanzig, mit einundzwanzig!»

«Ja.»

«Das sind ja Tausende!» rief ich aus.

Tausend Männer.

Ich habe später einmal einem Schuldirektor und Freund dieses Phänomen vorgestellt: Es ist ja grauenhaft, habe ich gesagt, was für einen Durchgang die heutige Generation hat. Anscheinend ist Sex nur noch eine bloße Verrichtung für sie. Ich hätte da einen Fall im Auge, sagte ich, bei dem ein weibliches Wesen im Laufe der Zeit an die tausend Männer aufgearbeitet hat, können Sie sich das vorstellen?

Das könne er sich sogar sehr gut vorstellen, erwiderte der Schuldirektor, er habe da seinerseits einen Fall im Auge:

Zwei Schüler auf der Schulbank, Schüler und Schülerin, die bereits mit zwölf ein vollkommenes Ehepaar waren. Er habe beobachtet, wie sie sich durch die Jahre hindurchtätschelten, durch sämtliche Mathematikstunden, alle Geographie, Chemie, Physik (tätschelten), durch Englisch, Französisch, durch alle Deutschstunden, bis zum Schulabschluß.

Danach seien sie völlig untauglich gewesen. Zu irgend etwas. Man durfte nur hoffen, daß sie sich nicht gegenseitig zu Tode getätschelt haben. Allesamt.

– – –

«Ist das nicht zu pessimistisch gesehen», gab ich zu bedenken.

«Nicht als Schulmann. Sie machen Tantra.»

«Sie machen was?»

«Indische Liebesschule.»

«Ach das!» rief ich aus.

– – –

Ach das, hätte ich ausrufen sollen, als mir Juliane von ihrem Matrosen erzählte, den sie eines Tages, da war sie noch nicht dreißig, kennengelernt hatte – denn von nun ab sollte es sich ziemlich grauenhaft anhören. Er sei schon älter gewesen, ein krummbeiniger Seemann, dem wahrscheinlich das Wasser bis zum Halse stand, aber er habe gewußt, wie. Und vor allem, wo. Da habe sie der alten Knochen (mußte er denn unbedingt krummbeinig sein?) zu einer internen Veranstaltung mitgenommen, einer rituellen Sitzung der «Harakrishna», wo vierundzwanzig bleiche Figuren ihr Heil suchten, wo? In Siegen. Juliane, Kind, hätte ich ausrufen sollen, merkst du denn nicht, wie grauenhaft sich das anhört!

Ich hatte mich immer über die haarfeinen Fältchen gewundert, die ihren Mund umgaben. Ich will sagen, das Gesicht war jung, mädchenhaft sogar, aber um den Mund stand ein Kranz winziger Fältchen wie bei den Geldbörsen früherer Zeit, die mit der Schnur zusammengezogen wurden. Das war es, was ich immer gesehen hatte, daß ihr Mund zusammengezogen war, ich habe es bisher absichtlich nicht erwähnt, ich hatte mich nur gewundert.

So mußte ich mit anhören, wie der krummbeinige Seemann meine Schöne, meine Göttin, mein göttliches Gefäß über dunkle Bahngleise schleppte, über verrottete Stege und schwarze Pfützen bei Nacht. Ich stolperte mit ihr, halb getragen, halb gezerrt, zu einem gottverlorenen, verfallenen Lagerschuppen mit herausgeschlagenen Scheiben, erbärmlich mit Pappen abgedeckt und verkleistert. Sah die schäbigen Matratzenlager auf Betonfußboden, die rote Beleuchtung, an Kabeln von der Decke hängend. Ich roch die Matratzenfüllung, die rostige Waschanlage und die vierundzwanzig ungelüfteten Leiber, plus Veranstaltungsleiter, plus Heiligem Geist.

Der roch besonders stark, der Heilige Geist, von dem sie sich anfassen ließ – – ja, man glaubt es nicht, unter den entsetzlichsten hygienischen Verhältnissen in der dritten, hintersten Lagerhalle eines vom Abbruch bedrohten Werksgeländes auf offener Rampe hatte sie sich anfassen lassen. Immer und immer wieder, weil es ja ein Ritual war, kein Mann. Zwölf Sitzungen waren es, und der Heilige Geist war in wechselnder Gestalt, in Gestalt von schweißigen, grauen, klebrigen Händen zwölfmal aufgetreten. Im Chemiefaserwerk Siegen-Ramstedt, das wegen überalterter Produktionsmethoden stillgelegt war. Dort hatte sie ihr Heil gefunden?

«Ich kann es nicht glauben!»

«So bin ich.»

«Welch ein Mist», rief ich aus.

Es war aber die Gläubigkeit, mit der sie mir den Mist vorgetragen hatte. Der Ernst und die Heiterkeit. Und die Hingabe, die mich so sehr entsetzt hatte, und die Kerzen im Bad, die ganz besonders.

«Zu dir gehen wir auf keinen Fall», verkündigte ich.

Davor bewahre uns ein gütiges Geschick.

«Diesmal gehen wir zu mir, wo ich dich auf erstklassige Weise verführen werde.»

Sie lachte (na, da lacht sie doch wenigstens).

Zum Abschluß gab ich ihr noch einen Klaps auf den Po, als Siegel gewissermaßen.

– – –

«Und das, lieber Alex, wirst du nie wieder tun ! ! ! «

*

Es gibt im Jamahatra-Epos ein Panzerweib. Es ist ein himmlisch schönes Wesen in der tänzerischen Pose einer Yakti mit ständiger Geste der Einladung. Ihre Fingerspitzen sind weit aufgebogen, ihr Blick verzückt, ihr Atem Gold und ihr Geist ein Rosengarten. Bedeckt aber ist dieses Wesen mit einem Panzer von kinderhandgroßen Schuppen aus Horn, jede mit einem Stachel an der Spitze versehen.

Shiva kann den Panzer nicht durchdringen, niemand kann es, nichts, außer dem Öl des Ginkobaumes – das ist der, unter dem man sitzt, und man hat vergessen, daß man dort sitzt.

Es ist eine wollüstige Geschichte, wie ich mich erinnere. Wie Shiva das Öl mengt und mischt und unter die Lüfte mogelt, wie es riecht, wie es wunderbar ölig die Sinne des gepanzerten Weibes umschmeichelt, wie es Horn und Stacheln aufweicht und die Schöne, die Wunderschöne befreit. Eine schlüpfrige, glatte Geschichte ist es, und eine sehr nackte.

10

Die Verführung erster Klasse beginnt mit dem Eintritt ins Haus, Gudrunstraße sieben.

Am Tage hat es ein durchaus schönes Entrée, oval, moosgrün ausgeschlagen, mit einer in sanftem Bogen nach oben ziehenden Mahagonitreppe, durchaus nobel. Aber nachts! Nachts verwandelt es sich, dank einer ausgeklügelten Beleuchtung, in eine üppige, goldgrüne Grotte. Überall habe ich verborgene Lichtquellen angebracht, hier eine holländische Landschaft beleuchtend, dort einen Hummer mit Lorbeerblatt, dort eine auf dem Boden stehende Tungvase – eine der großen blauweißen mit dem Tonring, von denen ich vier besitze.

Ich habe sie genau berechnet, die beleuchteten Buchrükken, sechs Meter Goldschnitt, und die beleuchteten Samurai-Rüstungen – eine auf dem mittleren Treppenabsatz, eine auf dem oberen, den Besucher nach oben führend. Oben das Bad ist ganz und gar in Bernstein gehalten «amber», mit einem weißen Marmorfußboden, seinerseits beleuchtet. Dazu die Anordnung der Halogenlämpchen, die auch das letzte Fältchen beseitigen, falls sich jemand das Näschen pudern möchte. Keine Dame sieht dort älter aus als zwanzig und verhält sich auch so.

Vorerst befinden wir uns aber noch in der unteren Etage, wo ich hinter dem Entrée in einer Barecke meine Spezialitäten Margueritas, Coco Batidas, Caipirinhas kredenze – mit Blick in das intime Speisezimmer: Kerzen, schwarzes Geschirr, auberginefarbene Servietten auf der Mahagoniplatte, sehr intim. Und über allem, kaum merklich, eine leise pochende Musik. Oh, die ist sorgfältig berechnet, etwas Brasilianisches vielleicht – ich habe da einen Bossanova auf Lager, einen heißen Pulsschlag mit Tropenvögeln im Hintergrund. Und was die Atmosphäre angeht, ziehe ich den nach meinem Geschmack zu süßlichen indischen Räucherstäbchen die intelligenteren chinesischen vor. Das heißt, in diesem Fall, nach reiflicher Überlegung verzichte ich ganz darauf, zerstäube statt dessen ein wenig «Calêche», ein wenig Lederpolster aus der Epoche – es ist wichtig, daß es nicht mit dem Menü kollidiert.

Also, das Menü nehme ich ernst. Ich koche selbst, und ich koche sehr gut, habe da ein paar Grundregeln, zunächst: Es gibt wenig, die Dame nicht vollfüllen! Eher noch etwas Platz für ein Himbeerröllchen lassen. Kreolische Gumbosuppe zum Beispiel koche ich vorzüglich, mit Okra. Muß aber auf den Partner abgestimmt sein.

Heute will ich mit Kaviar beginnen. Hört sich zwar wie ein Gemeinplatz an, aber, sagen wir, zwei Sorten auf frisch gemachten Blinis mit etwas Crême fraiche und Zitrone, dazu ein Chablis als Auftakt ist zumindest nicht falsch. Geeiste Cerviche, Hummercrême? Auch gut. Doch meine Erfahrung sagt: Kaviar.

Als hors d'œuvre hätte ich die Wahl zwischen Wildpastete Robert, Smörebröd Olaf oder winzigen Brüsseler Medaillons in Aspik, oder ich lasse sie weg, vielleicht zu schwer. Lieber eine leichte Suppe: Wie gesagt, Gumbo wäre nicht schlecht, ich halte sie immer vorrätig, für Juliane aber werde ich eine leichte Krebsbrühe machen, mit murmelgroßen Hechtklößchen – ich darf nicht vergessen, daß sie sonst ausschließlich von Körnern lebt.

Danach denke ich an Schwertfisch. In einer raffinierten Orangen-Rosinen-Sauce vielleicht. Und als Hauptgang: Wildente Amersfort, da bin ich mir sicher! Die mache ich ganz phantastisch, sie ist gefüllt mit Malagatrüffel und hat eine Sauce von halbsüßem Schlagrahm, Zitrone, Wacholder, Ingwer und Pfeffer. Dazu trinkt man einen Lafitte (trotz des Pfeffers, oder gerade deshalb).

Es ist phantastisch.

Ich habe es mir lange überlegt. Ehrlich gesagt, bin ich dann doch nicht dazu gekommen, selber zu kochen. Habe statt dessen ein kleines Menü (Nr. 6) aus dem «Ganymed» herüberschicken lassen, ich weiß nicht mehr genau, was es war. War aber auch nicht schlecht.

Den Nachtisch hatte ich übrigens wirklich selber bereitet: Kainak – das sind gedünstete Quitten in einem Rosensirup (kann man fertig bei Schlotthammer kaufen), dazu hatte ich hauchzart geschnittene, sechs Wochen in Cognac eingelegte Ingwerwurzel gegeben.

Auch phantastisch.

Das Essen gestaltete sich dann entsprechend anregend und, wenn man will, aufregend. Juliane war in einer tangofarbenen dünnen Samtbluse erschienen, die hinten ganz tief ausgeschnitten war, dazu trug sie einen langen schwarzen Rock, mehr ein Chiffontuch, mit einem schräg verlaufenden Schlitz bis zum Knie, sehr verführerisch, irgendwie überlappend. Ich versuchte aber, jede grobe Berührung zu vermeiden, auch wenn ich nicht umhin konnte, die Glätte des Materials zu bewundern, ich meine, es fühlte sich gut an. Geleitete die Dame sodann mit einigen Schwüngen durch die Gemächer. Ohne gröblich anzufassen, wohlgemerkt. Mehr locker tänzerisch, nachdem wir ein, zwei, wie soll ich sagen, gehaltvolle Caipirinhas an der Bar genossen hatten (mache ich sehr gut), und das alles zum dahinpochenden, lispelnden «Desafinado». Man versteht schon. Zufällig entdecke ich mich einmal im Spiegel, wie ich mich gerade über sie beuge, und entdecke dieses Gesicht. Also ich habe es sofort zurückgenommen (dieses Gesicht). Der Spiegel war so raffiniert angebracht, daß er die eine Barhälfte um die andere verlängerte, «... desafinado saudade vem correndo...»

So schritten wir zu Tisch.

Essen ist eine sinnliche Tätigkeit. Es sind die tätigen Reiz- und Bitterstoffe, die Artischocken, Rucola, Sellerie, Chicorée, aber auch die Meeresprodukte, Muscheln, Krusten- und Schalentiere, die hier erotisieren sollen. Dazu echter Pfeffer, sanft brennender Ingwer und Curcuma. Ganz unterschwellig, versteht sich, nach bewährtem Rezept (schon bei Herodot werden aphrodisierende Speisen erwähnt).

Dementsprechend blickten wir uns fest in die Augen, während wir aßen, sie mit einem Malagatrüffel im Mundwinkel, ich mit einem Häppchen Wildente Amersfort auf der Zungenspitze – ich vergaß, wir hatten ja Menü Nr. 6, weiß nicht mehr genau, was es war, war aber auch interessant. Worüber sprachen wir: über das Karma. Es ist ein wundervolles Thema bei Tisch. Juliane berichtete in verhangener Stimmlage, daß sie sich tags zuvor einer Astrologin und Kartenleserin anvertraut habe, die unsere Stellung, unser beider Stellung, so gedeutet habe, daß wir schon früher einander besessen hätten. «Besessen.» Im Haus des Mars und im Haus des Merkur. Und das alles hörte sich sehr gut an, bis ich nun meinerseits diese unselige Geschichte von den Nacktkrabben erzählen mußte. Gott allein weiß, wie ich darauf kam – wahrscheinlich durch einen einsamen Krebsschwanz in der Suppe:

Die «Softshell Crabs» von Louisiana also. – Dort gibt es im tiefen Süden ein schmackhaftes Gericht, das sich, übersetzt, Weichpanzerkrebs nennt. Ich habe es gegessen, und es ist mir gut bekommen, obwohl mich seine Entstehungsgeschichte hätte erschrecken sollen. Diese Krebse nämlich legen zu einer bestimmten Jahreszeit ihre Panzer ab, sitzen dann drei Tage lang schutzlos im Fluß, bis ihnen ein neuer gewachsen ist. Während dieser Zeit zutiefst verletzlich. Das Männchen aber – und hier kommt die Liebe ins Spiel –, selbst noch ungehäutet, umklammert das nackte Weibchen fest und allseitig, um es mit seinem Panzer vor Gefahren zu schützen, drei volle Tage lang.

Ein ritterliches und auch hocherotisches Unternehmen.

Die Tragik allerdings besteht darin, daß in der zweiten Phase, wenn das Männchen nun seinerseits den Panzer abwerfen muß, es vom Weibchen durchaus nicht umfangen und durchaus nicht beschützt wird, somit auf unserem Teller landet. Ja, das schien eine sehr komische Geschichte, und eine nackte. Ich meine, den Teller voller nackter Männchen, während fern im Schilf sich die steinharte Witwe ihres Lebens freut. Nicht so gut?

Nicht so geeignet in dieser Situation. Ich glaube, das Thema hatte mich um einiges zurückgeworfen. Erst bei einem ausgezeichneten Dessertwein, einem Haut Sauternes 1994 aus D'Yquem konnte ich den Fehler korrigieren. Ich habe Juliane den langen Bogen der Jugendstiltreppe hinaufgeschmeichelt. Sie wollte sich gleich unten ausziehen, ich brachte sie aber barfuß über die Stufen, schmeichelte ihr beim Hinaufsteigen auf dem dicken moosgrünen Teppichbelag Stück für Stück ihrer Kleidung ab, Strümpfe trug sie keine.

Oben sind es noch acht Schritt. An der Samurairüstung vorbei, mit dem sichelförmigen «Mon» des Togugava-Geschlechts, bis zur Schlafzimmertür zehn Schritt. Man kann auch zwanzig einschmeichelnde Schritt daraus machen. Und auf diesen zwanzig fühlte sie sich bemüßigt, mir den Jörg zu beichten.

«Wer um Himmels willen ist Jörg?»

Ein neuer Tantramann.

«Der interessiert doch jetzt gar nicht», rief ich aus, «was ist denn das für ein Jörg ! ! ! »

Mein Schlafzimmer ist ein Volltreffer. Es ist eine Schlaflandschaft, der Teppichboden ist weiß, steigt in Stufen hinauf und hinab, bildet Plattformen, von denen das Bett selber eine Plattform darstellt, man kann praktisch an jeder beliebigen Stelle hinsinken und schlafen. Der größte Treffer aber ist meine Bananentapete: Riesige Bananenblätter in blaugrünen Tönen unter zimtfarbenem Himmel. Sehr eindrucksvoll. Dazu habe ich zwei Bananenstauden am Fenster aufgestellt, lebend in Kübeln und bis zur Decke reichend. So daß das Licht tropisch, etwas schwül, wenn man so will, lebendig grün ins Zimmer fällt. Bereit zum Hinsinken. Und nun kommt sie mir mit diesem Jörg – – –

Liebe ist Erkennen, Begreifen, ein formender Prozeß, Liebe ist Schöpfung. Unter den Händen des Liebenden entsteht der Körper der Geliebten, der Liebeskörper, er formt ihn, er schafft ihn, er erkennt und begreift ihn, so wie Jakob die Rahel.

Da sind die Schultern mit den Schulterkugeln, wie gemacht, sich in meine Hände zu formen, da ist der feinknochige Rücken, der sich anfühlt wie ein Katzenleib, sich biegend und streckend und sich um die Achse windend. Die langgestreckte Delle, in der ich mit den Fingern entlangstreife wie im Tanz. Und da ist die Schmalheit, die unerhörte Schmalheit, die ich umspanne, ganz, so daß sich meine Finger berühren, so schmal ist sie.

Und dann.

Unter den Künstlerhänden.

Die Ausladung!

Ja, die ist völlig unbegreiflich, das heißt, ich begreife sie ja, ich tue es, das ist das Unbegreifliche. Ich weiß, wie sie aussieht, die königliche Wölbung, oft genug hat sie mir den Atem genommen, aber wie sie sich anfühlt! Wie sie widersteht und nachgibt, die königliche Festigkeit, wie sie unter meinen Händen federt. Und was meinen Atem angeht, so ist er mir diesmal ganz weggeblieben.

Alabaster und Eselsmilch.

Mondöl und die Venusischen Kelche.

Die Nacht von Ninife!!! *Meine* Nacht von Ninife: «Ja soll ich denn nun ganz von dieser Erde geh'n?» (Kap V, Vers 68, Hebräer)

Unter der atemlosen Berührung.

Ich weiß, ich versteige mich total, und dennoch: Aus Feuer und Schmerz, aus Blut und Tränen und gutem großen Gelächter habe ich meine Astarte geformt – – mit ihrem eigenen Leib habe ich sie erschaffen, und hier liegt sie.

Meine Göttin.

Und ist endgültig erstarrt.

– – –

Ich weiß nicht, welche der beiden Vorstellungen die fürchterlichere war, daß ich eine Tote im Arm hielt, oder aber ein Stück Holz. Und es bedurfte einiger Zeit, bis ich schließlich begriff, daß ich es hier mit einem anscheinend sehr, sehr toten Stück Holz zu tun hatte. Sie hatte sich ganz gerade gemacht, lag völlig starr mit eng angelegten Armen, Beine fest beieinander. Selbst ihr Nacken war versteift und das Kinn krampfhaft angehoben. Vom Mond von Ninife konnte bei Gott keine Rede mehr sein.

«Ich kann das nicht!»

Sie sprach auch irgendwie senkrecht nach oben.

«Ich dachte, es geht.»

Mit einer ganz nüchternen Stimme.

«Aber es geht nicht.»

*

Stunden später, als sie schon längst zu Hause war, habe ich sie noch einmal angerufen.

«Juliane?»

Sie antwortete mit einigen unverständlichen Lauten, Schluchzer oder was das sein sollten, ich hörte aber ein ganz merkwürdiges Gebell, das aus dem Hintergrund kam, was sollte denn das sein?

«Was ist denn das?»

«Der Wishnu und der Bali im Badezimmer.»

Aber in diesem Augenblick hörte ich auch noch ein Dröhnen, ein «Broaahh», ganz dicht an der Telefonmuschel.

«Und das?»

«Das ist der Jörg, den kennst du nicht.»

Ich habe den Hörer hingeknallt.

*

Zwei Stunden später rief ich noch mal an:

«Und ruf mich nie wieder an!» brüllte ich.

11

Am nächsten Morgen aber wurde alles andere von einem einzigen Ereignis jäh überschattet: Es ertrank jemand im Schwimmbecken. Und das, obwohl man in diesem Schwimmbecken selbst an der tiefsten Stelle noch hätte stehen können. Wie konnte das geschehen?

Ich saß bei meinen alten Damen am Pool und ließ die Beine in den Lichtkringeln baumeln. Es war ein lauer Morgen in der Reihe der anderen lauen, ein wenig verschleiert vielleicht, aber warm genug, das Wasser erschien sogar besonders lau im Vergleich zur Außentemperatur – man erinnert sich, im Jakobi-Bad wird immer gleichbleibend temperiert.

Ich hatte schon ausgiebig gebadet, nun, nicht so ausgiebig wie die 50-Längen-Dame, immerhin hatte auch ich schon ein paar (laue) Längen zustande gebracht. Saß angenehm erschöpft am Beckenrand und legte zum wiederholten Male meine Ansichten über die unwiederbringlich destruktiven Abläufe der Geschichte der Menschheit dar. In Anbetracht der vergangenen Nacht. Als ein Schatten unter mir davonzog.

Ein Kriegsschiff.

Unser aller Freund, der Muskelmann, hatte anscheinend wieder seinen großen Tag, war schon ein paarmal in Erscheinung getreten, hatte am Beckenrand gesprintet, war viereckig kriegsmäßig vorübergezogen.

«Typisch», sagte ich zu meinen Damen, «manche Leute können es nicht lassen.»

Jetzt war er wieder besonders tätig – wir verfolgten ihn mit, zugegeben, bösen Blicken –, schwamm hierhin und dorthin, tauchte in einem langen Zug, tümmelte vor und zurück, der Herr der Meere. Eine im Wasser stehende Dame kreischte einmal kurz auf.

Als ich etwas Merkwürdiges wahrnahm.

Der Viereckige versuchte, durch den Beckenboden hindurchzutauchen! Wie das? – Es fand direkt unter mir statt, und ich habe später mehrfach versucht, den Vorgang zu rekonstruieren. Soeben kam er vorbei – ich erinnere mich an die gefleckte Schattenbildung, die, durch die Kringel verursacht, lang über seinen Körper fuhr –, kam zurück und tauchte ungewöhnlich lange, und anscheinend tief am Grund. Jetzt konnte ich ihn nicht mehr so genau sehen, weil er sich weiter beckenwärts begeben hatte. Wo er sich wild und kriegerisch gebärdete, einmal drehte er sich da unten um sich selbst, ich dachte, was macht er denn? Tauchte immer noch weiter. Und dann sah ich ihn plötzlich direkt unter mir praktisch auf dem Kopf stehen.

Rudernd. Oder eigentlich falsch rudernd, mit den Beinen nach oben. Ein verdammt langes Tauchmanöver war das, und ein verdammt ungewöhnliches, sollte man meinen, anscheinend wollte der Mann partout ins Erdinnere vorstoßen. Und dann war er verschwunden – wir waren gespannt, wo er wieder auftauchen würde.

Er tauchte nicht mehr auf.

*

Die Folge war ein ungeheures City-Drama: Polizei, Bürgermeister, Hubschrauber. Das Donnern der kreisenden Flügel war so laut, daß man nur Mundbewegungen sehen konnte, wenn jemand redete. Und alle redeten, Trauben von Menschen, auch viele Angezogene, die offenbar von draußen hereingelaufen waren, andere hatten sich teilweise bedeckt, einen Herrn sah ich, der sich zwar zum Oberhemd entschlossen hatte, nicht aber für die Hose. Inmitten der Menge ein quatschnasser, weißgekleideter Bademeister. Und der Hubschrauber fünf Meter über der Wasseroberfläche, hohe, spitze Schaumkämme erzeugend – man wußte nicht, was er noch wollte, der Körper war längst anderweitig abtransportiert, davon zeugte ein gewaltiges Aufgebot cremefarbener Rettungswagen, die die Wiese verstellten.

Die Sonne war auch weg. –

*

Es sollten sich aber spürbare Konsequenzen für uns sowie für das gesamte Jakobi-Bad ergeben – im weitesten Sinne sogar für alle städtischen Badeeinrichtungen. Obwohl im Endeffekt dann doch so ziemlich alles beim alten blieb.

«Es waren zwei fatale Umstände, die zusammentrafen», sagte mein Freund mit der goldgeränderten Brille, mit dem ich ein paar Tage später ein Gespräch an der gewohnten Stelle unter dem Holunder führte. Die Badesaison hatte sich wieder eingestellt, wenn auch etwas gedämpft, die Dollarnoten, die Muschelschnecken, die lachenden Sonnen waren wieder ausgebreitet, das Becken frisch gekehrt und temperiert. Es gab sogar ein paar Leute im Wasser.

«Es ist so», erläuterte mein Freund, «unter Wasser die Richtung zu verlieren, das Gefühl für oben und unten, nicht wahr, ist im Seichten genauso gefährlich wie im tiefen Wasser. Dieser Mann versuchte aufzutauchen und schwamm geradewegs in den Grund hinein.»

«Sie meinen, er hatte den Drehschwindel.»

«Der Drehschwindel war die eine Komponente, das Unterwassertauchen die andere.»

«Teuflisch», sagte ich, «ein untenliegender Himmel und ein obenliegender Grund.»

– – –

Darüber mußte man erst einmal nachdenken.

«Außerdem hatte der Mann seine Pillen nicht nehmen können, sie waren verschwunden, ich habe es gesehen», sagte mein gebildeter Freund, «erst waren sie da, und dann waren sie weg.»

«Sie meinen ...?»

«Ich meine gar nichts. Es gibt die mysteriösesten Todesarten. Die Literatur ist voll davon.»

Es sei nur eine Liebhaberei, entschuldigte er sich halbwegs, nicht gerade das, was man ernstzunehmende literarische Studien nennen könnte, immerhin habe er einige «Zwei-Komponenten-Morde» zusammengetragen. König Wulfried von Schweden zum Beispiel kam durch einen anaphylaktischen Schock zu Tode; er wurde gegen Pocken geimpft, gleichzeitig aber setzte man ihm einen Ziegenbock ins Schlafzimmer – Sie wissen, was der Ziegenbock absondert?»

Offen gestanden, ich wußte es nicht.

«Zwei Momente», führte er aus, «jeder für sich unterschwellig, verdichten sich zu einem Gesamtmoment. Ähnlich sich überlagernder Wogen, die plötzlich haushoch stehen. Der Mörder braucht nur die gegebenen Umstände zu benutzen, kein Mensch wird ihm jemals daraufkommen.»

«Der Mörder?»

«Falls es einen gibt.»

Woraufhin er nun ganz weit ausholte. Der berühmteste Mord dieser Gattung, erklärte er mir mit einer weiten Geste, sei der in Marseille 1923, der Mörder benutzte Mandeltörtchen, man denke, Mandeltörtchen als Waffe. Einer der berühmtesten und verdrehtesten Fälle jener Zeit.

«Berühmt?»

«Und gleichzeitig unbekannt, ich weiß, es widerspricht sich, Gott hat verhütet, daß es publik wurde, ohne Frage hätte der Fall einen Haufen Nachahmer gefunden.»

«Sind Sie Kriminalist?»

«Nein», sagte er vorsichtig, «ich bin Schuldirektor.»

Das erklärte es.

*

Der Mandeltörtchenmord.

Frans Dolangerant, Beamter der Stadt Marseille, wurde beschuldigt und überführt, seine Ehefrau Henriette Dolangerant vorsätzlich mit einer Übermenge von Mandeltörtchen gefüttert zu haben. Diese im Verein mit der landesüblichen Vorliebe für Bouillabaisse führte im Verlauf von drei Monaten zu ihrem Tode. Der Täter wurde nach achtjährigem Prozeß im Staatsgefängnis von Briodout bei Marseille hingerichtet.

So geschehen in den Jahren 1923–31.

«Das ist ja eine merkwürdige Geschichte», sagte ich, «lassen Sie mich raten, Marseille deshalb, weil es dort die Fischsuppe gibt.»

«Die einzige und wahre», bestätigte er.

In diesem Augenblick ging der neue Bademeister vorbei, in weißer Hose und Hemd; sie hatten uns doch tatsächlich einen zweiten Bademeister zugeteilt – einen hatten wir ja schon –, als eine der Konsequenzen.

– – –

Die echte Bouillabaisse, setzte mein Freund, der Schuldirektor, noch einmal an, die nur in Marseille gekocht werde, sei ein feines Kunstwerk, bestehend aus sechserlei Fischsorten, Krusten- und Schalentieren, einer Menge Zutaten wie Fenchel, Olivenöl, Knoblauch, vor allem aber Safran, und zwar reichlich. Es gebe Menschen, die für eine Bouillabaisse sterben würden!

Was anscheinend auch geschah.

«Safran vermittelt das feine Brennen, den unvergleichlichen, wie soll ich sagen, historischen Geschmack, und die gelbe Farbe. Die ist auch wichtig! Da Safran aber ausnehmend teuer ist, wird er andernorts häufig weggelassen, das Gelb durch Karotten ersetzt», er stockte, «was natürlich ein Verbrechen ist …»

Woraufhin wir einige Sekunden lang dem unvergleichlichen Geschmack nachhingen, den wir auf der Zunge zu spüren meinten.

«Wo aber bleiben die Mandeltörtchen?»

Ja, darauf komme er sofort: Es habe damals in Marseille die berühmte Confiserie Lebêrre gegeben (vielleicht gibt es sie heute noch), berühmt für diese ihre duftigen Kreationen, so verführerisch, daß manche Leute nur deshalb in Marseille lebten, weil es dort diese Mandeltörtchen gab.

«Sie übertreiben.»

Er übertreibe durchaus nicht. Vielleicht könnten wir als Alemannen derartige Leidenschaften nicht ganz nachvollziehen, denn gleicherweise gälte das für die Bouillabaisse. Es gebe Leute ...

«... die nur deshalb in Marseille wohnen?»

«Sie verstehen mich», sagte mein Schuldirektor, «nur scheint es so zu sein, daß der Geschmack des einen den des anderen ausschließt, das ist ganz verständlich. Mit Ausnahmen! Und eine solche Ausnahme war Henriette Dolangerant, Gattin des Beamten Frans Dolangerant, dem später – acht Jahre später – der Prozeß gemacht wurde. Dieser Ehrenmann also hatte seine Frau loswerden wollen, und er kannte ihre hemmungslose Affinität zu *beiden* Genüssen.»

«Ich verstehe nicht ...»

«Sie werden gleich verstehen. Diese speziellen Mandeltörtchen erhalten ihren Geschmack, indem nicht nur süße, sondern auch bittere Mandeln verwandt werden, in geheimer und wohlabgewogener Portion natürlich, so wie allem Französischen das Quentchen Galle anhaftet.»

Als Metapher natürlich.

«Und diese – die Bittermandel», hier machte er eine Pause, «enthält bekanntlich das Thiocyanid.»

Oho.

«Zyan also, in winzigen, in winzigsten Mengen, und in diesen Mengen an sich völlig unschädlich.»

Aha.

«Aber vorhanden!»

Ich weiß nicht, ob es so gedacht war, aber gerade in diesem Augenblick schob sich eine Wolke vor die Sonne, so daß fortschreitend von einem zum anderen Ende des Badegeländes alle Farben einem bleigrauen Mantel wichen, der sich über sie legte, ich konnte mich eines Fröstelns nicht erwehren.

«Da hat sich Ihre Henriette Dolangerant also vergiftet?»

«Nicht so einfach», bremste der Schuldirektor ab, «zunächst bedarf es eines Movens, eines Agens, eines Katalysators – – jedenfalls eines Auslösers, der die an sich stabile

Verbindung instabil macht und das Zyan, so geringfügig es immer vorhanden sein mag, freisetzt!»

«Das erinnert mich an die berühmten Münchner Weißwurst-Morde aus der Systemzeit.»

«Vorsichtig», sagte er, «ich habe mir das nicht ausgedacht, es handelt sich um einen echten, belegten Fall aus, wie ich zugebe, eben dieser Zeit, aber in Marseille. Denn wo befindet sich das Agens, in welcher Substanz? Sie werden es nicht glauben.»

Im Safran.

«Im Safran», rief er aus, «im Safran der Fischsuppe! Die Fischsuppe vermählt sich mit den Mandeltörtchen, und das auf heftige Weise.»

«Also reine Genußsucht.»

«Langsam», sagte er, «es bedarf großer Mengen, damit es dazu kommt, es bedarf ekzessiven Mißbrauchs über lange Zeit. Und zwar *beider* Genüsse zugleich.»

«Völlerei», rief ich aus, «Ihre Henriette hat sich durch Völlerei zu Tode gebracht.»

«Nicht so schnell», rief er dagegen, «denn jetzt kommt der Ehemann ins Spiel. Er war es, der die Dame charmant von einem Fisch-Restaurant in das andere führte, der sich gar nicht genug tun konnte mit den riesigen Schachteln voller Mandeltörtchen, die er ihr, charmant verpackt, mit Schleifen versehen als Nachtisch präsentierte, und es klappte auch nicht beim ersten oder zweiten, auch nicht beim zwanzigsten Mal, es bedurfte monatelanger Geduld – die ein Ehemann sowieso aufbringen muß –, aber einmal klappte es: Die roten Blutkörperchen werden paralysiert, können kein O2 mehr aufnehmen, es entsteht kirschrote Gesichtsfarbe, und Henriette Dolangerant ist tot.»

Gottsdonner.

«Und es ist ein Sekundentod, theoretisch eine Erstickung», fuhr der Schuldirektor fort, «aber was sagt uns das? Es sagt, daß ich nur den Lüsten eines Menschen, eigentlich nur seinen ganz alltäglichen Gewohnheiten nachspüren muß und, Bingo, da habe ich ihn.»

12

Sita, die Furche, die Schönhüftige, hat mir zwei Söhne geboren, beide wohlgestalt an Leib und Seele. Bhanu, der ältere, geht mir schon zur Hand, wenn ich anschirre oder einen schwarzen Stein auf den Hof rolle, dann rollt er handfest mit. Shashim dagegen, der jüngere, scheint geistiger veranlagt, schaut immer zur Seite, als ob da etwas wäre, das wir nicht sehen, und vielleicht ist da wirklich etwas. Etwas Gutes. Ich darf sagen, daß ich Freude an meinen beiden Söhnen habe. Freude an meiner Frau, meinem Haus, meinem Gewerbe, ich mache den Ganesh, ich mache auch andere schöne Figuren, aber den Ganesh mache ich am besten, in jeder Größe, aus schwarzem Speckstein, aber auch aus grünem, oder sehr große aus Tuff.

Ich bin ein glücklicher Mensch, ich schwimme in einem Meer des Glücks, das mir meine Frau beschert, die Allerschönste der Welt. Sie heißt Sita, benannt nach der Göttin der Fruchtbarkeit und des Stundenglases, als ich sie zum ersten Mal sah, fielen mir die Augen aus dem Kopf – sie fielen mir wahrscheinlich in den Schoß, und dort liegen sie immer noch. Ich weiß nicht, was andere Männer empfinden, wenn sie sie sehen, ich will es auch nicht wissen. Ich empfinde nur Glück, ein nicht enden wollendes, von der Urzeit meiner Existenz bis in alle Ewigkeit reichendes Glück. Mögen die heiligen Männer das Nichtsein anstreben, ich bin nicht heilig und will nichts als sein. Mit ihr. Mit Sita, der Schönen.

Aber jetzt ist es Abend. Die goldene Lehmfarbe meines Hauses verdunkelt sich, draußen vom Meer rollt eine lange schwarze Dünung herein, es ist fast windstill, so daß ich das Klappern und Singen aus dem Dorf hören kann, obwohl es fast zwei Wegstunden entfernt ist – man klopft dort die Pilger zurecht, die eine Woche lang nicht schlafen dürfen. Bis sie in ihrer eigenen Haut kaum noch vorhanden sind. Mit mir hat man einmal das gleiche getrieben, als ich noch heilig werden sollte, mir Tag und Nacht die Ohren zugegellt, heilig bin ich nicht geworden, und zu essen gab es auch nichts.

Mein Haus hat eine Dachterrasse, auf der ich sitze. Hier oben ist es noch hell, aber unten liegen schon die violetten Schatten, und im Hof sind sie schwarz, ich sehe da unten den kleinen Shashim als Püppchen, und der handfeste Bhanu ist auch nicht weit, ich höre ihn rumoren, aber wo ist Sita, meine Frau, die Schönhüftige? Wo ist sie? Mein Haus ist ein Steinwürfel über dem Strand, fast quadratisch im Grundriß, mit einem Lichthof in der Mitte, mehr einem Schacht gleichend, in dem die Hausfrau kocht und werkt, und obenauf liegt ein Gitterwerk, durch das ich hindurchsehen kann. Jetzt richte ich meinen Blick auf den gelben Weg, der entlang des Strandes vom Dorf herführt, und auf dem sie kommen muß.

Und seit Stunden nicht kommt.

Ich weiß, wo sie ist.

*

Eines Tages war sie wieder da – es mochten eine oder sogar zwei Wochen vergangen sein –, und ihr Auftritt im Schwimmbad war spektakulär genug, denn sie kam mit Jesus höchstpersönlich.

Ich hatte inzwischen den Platz gewechselt, lag jetzt meistens zwischen den Beinen des Wachtturmes. Das war also eine weitere Konsequenz, ein Wachtturm, den sie für uns, nicht weit von der Stelle, wo die alten Damen lagen, am Pool aufgerichtet hatten. Ein häßliches Gestänge mit einer Plattform, einem Raster aus Eisen, worauf der zusätzliche Bademeister saß, so daß man von unten seine weißen Hosenbeine sehen konnte – bei Sonne warf es ein gepunktetes Muster auf den Boden. Ich hatte mir diesen neuen ungeliebten Platz ausgesucht, weil dort niemand liegen wollte, aber auch weil ich hier je nach Sonneneinfall die Dosis bestimmen konnte, etwa nur mit dem Kopf im Schatten oder mit meiner oberen oder unteren Hälfte. Oder ganz gepunktet, wenn es mir zu heiß wurde. Außerdem war ich der Meinung, für diesen Sommer genug gebräunt zu sein.

Juliane war nicht allein. Ich sah sie oben am Eingang, wie sie den Kopf renkte, um mich zu entdecken, diesen verhältnismäßig kleinen Kopf. Konnte mich aber nicht entdecken, da ich hinter den Beinen des Gestänges versteckt war. Und dann sah ich, daß da jemand neben ihr stand, der war nun doch recht spektakulär, gelinde gesagt. Er bestand vornehmlich aus Barthaar, das heißt, Haupt- und Barthaar, das ihm als einzige Matte weit über die Brust reichte, welch bedeutenden Mann hatte sie da aufgetan? Gekleidet war er in ein Hemd aus grobem braunem Stoff, fußlang, eine Art Kutte ohne Ärmel, und gestützt war er auf einen richtigen langen Hirtenstock mit einer Gabel am oberen Ende, zu der er hinaufreichte, indem er den Unterarm hoch um den Stock wickelte. So stand er da. Und so ging er auch.

Juliane schien immer noch zu suchen, schaute angestrengt auf die Ecke, wo wir sonst immer lagen, während er auf eine Buschgruppe zuschritt, würdevoll, gleichzeitig aber auch recht mühselig. Das fiel nun auf. Der Mann hatte einen eigentümlich schleudernden Gang, er bewegte die Oberschenkel kaum, schleuderte dafür die Unterschenkel heftig aus den Knien heraus, was aber trotzdem nur sehr kleine Schritte ergab. Dementsprechend kam er langsam voran und Juliane dementsprechend auch. Ich verlor die beiden aus den Augen, als sie eine Buschgruppe erreichten, machte mich, auch als der Tag fortschritt, nicht bemerkbar.

Später sah ich den seltsamen Heiligen einmal allein im Pool, offenbar verrichtete er irgendeine Waschung. Er hatte jetzt sein Hemd oder Kutte ausgezogen, darunter war er hager, ziemlich bleich mit vorstehenden Beckenkämmen und einzelnen, unter der Matte sichtbaren Rippen – und einem, mußte ich feststellen, etwas gerunzelten Hintern, anscheinend aß er zu wenig. Nicht alt, höchstens vierzig. Aß anscheinend asketisch, obwohl er einen rosigen kleinen Bauch besaß; der wiederum war sympathisch.

Ich weiß nicht, ob er sich wusch oder sich nur besonders gebärdete. Er stand bis zum Bauch im Wasser, tauchte den Kopf tief ein und warf ihn dann vehement zurück, wobei ihn Bart und Haupthaar eine Sekunde lang als sprühender senkrechter Kranz umstand, Tropfen nach allen Seiten verteilend. Ein seltenes Tier mit einem gewaltigen Mohawk. Ich glaube, daß er doch eine Waschung vornahm, denn er wiederholte den Vorgang über und über, selbst ich, der ich nicht in Sprührichtung lag, bekam ein paar Tropfen ab. Dann war er wohl sauber und stieg aus dem Wasser.

Ging mit seinem kleinschrittigen Schleudern davon. Was hatte er mit Juliane zu schaffen, ich wußte schon, was. Die Würfel waren gefallen, der Rubikon überschritten.

*

Um es gleich vorauszuschicken, der Mann war Profi. Wenn ich es recht bedenke, war er sowieso unvermeidbar gewesen. Ich saß da unter meinem Gestänge und versuchte, den Nachmittag einigermaßen hinter mich zu bringen. Juliane war einmal vorbeigeschwommen, hatte mich aber immer noch nicht entdeckt. Entsprechend dem Sonneneinfall rückte ich von Zeit zu Zeit, so daß ich Gesicht und Schultern im Schatten halten konnte, las ein Buch, es hieß «Proof» und handelte ausschließlich von Whisky, immerhin hatte ich fast ein Drittel bewältigt, bevor ich bemerkte, daß es ein Kriminalfall war. Proof kann ja auch Beweis bedeuten. Rückte gerade noch ein Stück, las gerade noch etwas, das ich auch nicht richtig begriff, als sich das Buch verdunkelte. Ein langer Schatten. Zwei lange Schatten, einer fiel auf mein Buch und einer auf meine Beine.

«Alexander», noch nie hatte sie mich Alexander genannt, «Alexander, darf ich dir Pradhi Rama vorstellen.»

Unvermeidbar, weil folgerichtig.

Ich nehme an, daß sich dieser Pradhi Rama, genauso, jetzt und hier und genau an diesem Platz hatte verdichten müssen. Genau in seiner Person. Er betrieb also eine Institution, ein Begegnungszentrum, etwas absolut Professionelles. Seminar für tantrisch-esoterische Erfahrungen, für Leute, die es wissen wollten. Ich nehme an, daß der Mann von langer Hand angelegt war, und ich schicke das jetzt voraus, damit er ernst genommen wird. Kein fremder Vogel, sondern im Gegenteil ein unternehmender Geist und – wie wir alle noch erfahren sollten – ein erfolgreicher.

«Das ist der Pradi.»

«Hi, Pradi», sagte ich.

«Und das ist der Alex.»

Er schien nachzusinnen, dann legte er die Handflächen zusammen und führte sie zusammengelegt zur Stirn. Es sah sehr gut aus. Dauerte eine Weile. Sah trotzdem gut aus. Nur um seinen Stil zu zeigen.

*

Doch am nächsten Morgen hatte er meinen Platz belegt.

Er hatte das ganze Viereck unter dem Gestänge mit einem hauchdünnen scharlachroten Tuch bedeckt, so dünn, daß der Beton durchschien. Darauf lag im einen Quadranten eine graue Decke, darauf saß er mit untergeschlagenen Beinen.

«Hi», sagte ich.

Er legte die zusammengelegten Hände an die Stirn, und insoweit schien die Sache in Ordnung zu sein. Mir fiel nur auf, *wie* er saß – für mich völlig ausgeschlossen –, Unterschenkel überkreuz ineinander geflochten, aber so, daß beide Fußsohlen in Aufsicht zu sehen waren. Eine Art Sockel bildend, auf dem er saß, oder besser noch, ein aus Unterschenkeln bestehendes Tablett.

Ich legte mein Badetuch in den Quadranten gegenüber, setzte mich hin, Beine seitlich, dann angewinkelt, schließlich legte ich mich auf den Bauch. An sich befand ich mich auf seinem Territorium wegen des Tuches, aber dann wiederum nicht, wegen meines Erstrechts. Oh, das fiel mir auf. Er hatte sein Genital auf dem «Tablett» aufliegend arrangiert, das Ganze sah wie komplizierte Architektur aus, ich glaube, in meinen besten Zeiten hätte ich das nicht fertiggebracht.

Meines lag seitlich.

Wir sprachen nicht.

Einmal stand er auf und ging zum Poolrand, dabei baumelte ihm das Genital wie eine braune Wurst herum. Das habe ich noch vergessen, daß mir das auch aufgefallen war: Es war von sehr viel dunklerer Farbe als das übrige, so als ob sich da genetisch etwas niedergeschlagen hatte. Kehrte zurück, baumelte, als begehrenswertes Objekt konnte ich es mir nicht gut vorstellen – war auch ziemlich verkrumpelt.

Das sollte sich aber ändern.

Ja, da war es wohl für mich an der Zeit, etwas dazuzulernen. Denn als Juliane erschien – sie erschien wie gewohnt später, da sie morgens länger ausschlief –, zeigte es sich, daß es anscheinend doch noch eine höhere Schule gab, die ich nicht besucht hatte (es wird gleich verständlich werden). Juliane kam luftig über die Wiese, sie war sichtlich angeregt, «gut im Fluß», das konnte man sehen, plazierte sich ganz selbstverständlich in Zwischenposition auf dem roten Tuch, sozusagen im dritten Quadranten, gleichweit von mir als auch von ihm entfernt. Oder gleich nahe, im Dreieck.

Pradhi Rama hatte sie mit zur Stirn erhobenen Händen begrüßt. Jetzt saß er aufrecht, sehr zurückgenommen mit geschlossenen Augen und bildete sein Tablett, auf dem das wurstförmige Genital jetzt etwas größer auflag.

Ja, was soll ich sagen.

Es *hatte* sich verändert.

Es wurde glatt. Es wurde glatt und groß, es wurde sogar heller. Lag etwas zur Seite geneigt, schnurrte und nahm immer noch an Volumen zu. Damit man mich recht versteht, es handelte sich keineswegs um eine Erektion, also um keine Peinlichkeit, es betraf nur den Ruhezustand, der hier eindeutig verbessert wurde. Wie, wußte ich nicht – heute weiß ich es.

Da hatte dieser Mann also seit Eintreffen Julianes – vorher hatte er es nicht für nötig befunden – offenbar beschlossen, sich ein größeres Instrument zuzulegen, mit dem er hier Stellung bezog. Beachtlich war nur, daß er es auch konnte. Vielleicht, daß es die Art und Weise war, wie er saß, diese gequetschte senkrechte Sitzhaltung, die auf die Schwellkörper drückte? Jedenfalls, das Glied wuchs auf bequeme halbe Pfundgröße heran, liegend, nicht stehend, wuchs dann nicht mehr, nahm allerdings auch nicht ab. Es erschien sehr diszipliniert, hielt sich in dieser Größen- und Güteordnung. Glatt wie eine Flasche.

– – –

Es war aber klar, daß ich mich hier eindeutig im Hintertreffen befand. Rein optisch. Der Tag verging. Der Pradi saß ruhig, ich weniger ruhig. Juliane hatte wie immer ihre Affäre mit dem Sonnengott, wobei sie sich aber gleichzeitig in dem Dreieck sonnte, das sie sich hier geschaffen hatte, das war auch nicht zu übersehen.

Übrigens stand der Pradi ein paarmal auf, um ins Wasser zu gehen, und wenn er dann herausstieg, war sein Ding wieder verkrumpelt wie vordem – eigentlich mickrig, anders konnte man das nicht bezeichnen. Was er aber in kürzester Zeit und scheinbar mühelos korrigierte. Die Sonnenwärme spielte natürlich eine Rolle, der Wärmegrad sowieso.

Aber dann wiederum.

Ich darf sagen, daß ich einen schlechten Tag hatte. Angesichts des positiven Ergebnisses, das dieser Mann vorweisen konnte, und des negativen, das ich – fast im Gegenzug – vorwies. Und zwar, um es auszusprechen, unter meinem Niveau. Einen ganzen Tag lang ohne Hoffnung, mich auf diesem Gebiet noch profilieren zu können, ohne große Aussicht jedenfalls, und damit sollte ich nach Hause gehen.

Ich ging nach Hause.

*

Aber am Morgen, als ich unter meinen Bananenstauden aufwachte, hatte sich meine Stimmungslage kaum verbessert. Ich sagte mir, Niederlagen sind dazu da, sie einzustekken. Zweifellos hatte sich der Mann unerlaubter Mittel bedient, unterhalb der Gürtellinie. Vielleicht hatte er einen geheimen Punkt (secret spot), den er betätigte, trug vielleicht eine unsichtbare Klemme, vielleicht einen Knochen unter dem Damm oder irgend etwas. Jedenfalls focht er «schmutzig», das war klar, es änderte aber nichts daran, daß ich auf der Strecke geblieben war. Das war auch klar.

Aber seltsam.

Plötzlich.

Als ich dort unter den Stauden lag, und das Morgenlicht grün durch die großen Bananenblätter drang, packte mich plötzlich ein seltsamer Kampfgeist. Wer war ich denn! Und wer war dieser hergelaufene Schwanzritter, fragte ich mich! Zu Recht! Wie, wenn auch ich herlief und mich unerlaubter Mittel bediente! Und zwar *oberhalb* der Gürtellinie, da sollte sich dieser Herr vielleicht einmal fürchterlich wundern. Dachte ich großartig.

Hier war ich!

Ich war mit einem Ruck aus dem Bett gesprungen.

Hier stand ich!

Und fürchtete mich nicht.

– – –

So kam es, daß ich an diesem Morgen mit großer Gelassenheit (ich hatte Gott auf meiner Seite) die Arena betrat, unerwartet mutig, sollte man meinen. Der Himmel war blau, die Fähnlein flatterten – ich glaube, es flatterte tatsächlich irgendwo ein einzelnes kleines, das des Rettungsschwimmers.

Absichtlich hatte ich es so eingerichtet, daß sowohl der Pradi (Pradhi Rama) als auch Juliane bereits anwesend waren, als ich eintraf. Nahm meinen Platz im Dreieck ein. Das Tuch war heute kirschrot und besaß eine sandfarbene Borte. Sehr dekorativ. Der Meister übrigens hatte seine Position diesmal leicht verändert, saß jetzt genau auf der Trennlinie des Sonneneinfalls, so daß sein Oberkörper im Schatten, sein Unterleib dagegen sich voll im Licht befanden. Mir blieb der etwas ungünstigere Platz im vorderen Drittel, wo mich ein schräger Schattenstreifen des Gestänges zerteilte, der aber weiterwandern würde.

Im Arenenrund bereits große Erwartung.

Juliane hatte sich festlich zurechtgemacht mit einem Kettchen ums Fußgelenk, drei kleinen Brillanten (Straß), aufgeklebt über der linken Brust, Haare offen, sie saß in aufrechter Haltung mit untergeschlagenen Beinen. Pradi ebenfalls aufrecht, abwartend, wahrscheinlich hatte er nicht damit gerechnet, mich hier noch einmal anzutreffen. Befand sich nichtsdestoweniger mit seinem halben Pfund längst in Form, schon als ich eintraf, längst als Dauerzustand etabliert, so wie ein Langstreckenläufer in gelassener Dauerform sich auf den langen Zeitablauf einstellt – was ich nicht umhin konnte anzuerkennen. Ich selbst befand mich hier halb sitzend, halb liegend, ein Bein ausgestreckt, das andere untergeschlagen – in dieser Position würde ich es eine Weile aushalten.

Gesprochen wurde nicht.

Erotik auf dem Nacktbadegelände ist eine paradoxe Größe. Einerseits besteht das Überangebot blanken Fleisches, andererseits aber fehlt jegliches Gefälle. Es gibt keine Erwartung, keine Steigerung, eine wahnwitzige Hoffnung auf etwaige Enthüllung, weil sie bereits stattgefunden hat: Die nackten Tatsachen sind, wenn man es genau nimmt, zu nackt.

Wie sehr hatten wir uns über die zarte Fessel aufgeregt, als die Röcke noch lang und das Trittbrett der Kutsche zu hoch war, und das ist erst hundert Jahre her. Wie sehr über die Waden, über die Kniekehlen, als die Röcke höherrutschten. Und gar über den weißen Streifen oberhalb des Strumpfes, auf der Treppe oder später auf der Rolltreppe! Aber was, um Gottes willen, frage ich jetzt ganz ernsthaft, soll denn heutzutage noch höherrutschen?

Außer einer wahnwitzigen Hoffnung.

Wenn ich also jetzt meine Imagination ins Spiel bringen soll, dann weit entfernt von diesem Fleischgetümmel. Ich denke an einen winzigen nackten Fuß auf dem Schulhof, an den Fuß der Gertraude, wir hatten ihr den Schuh ausgezogen und die kleine Socke und uns furchtbar aufgeregt. Der Fuß war ein Marzipanklümpchen, die Zehen rosa Erbsen, ich hatte versucht, den Fuß in meine Hosentasche zu stekken, und dabei meine erste Erregung erfahren, wohl nicht die erste, aber die erste, die mir in Erinnerung ist.

Oder die Ritterburg. Oh, die Ritterburg zwischen den Beinen des Mädchens Ursula von nebenan. Ich baute sie an einem trüben Tag, der kaum Licht genug hergab, um das Kinderzimmer zu erleuchten. Vor allem durfte sie sich nicht bewegen, damit die Burg nicht zusammenfiel. Die Türme und die Türmchen in der Schlucht zwischen den kleinen Pobacken. Sie war so geduldig, das Mädchen Ursula, sie hielt stundenlang bäuchlings liegend aus, ich erinnere mich, daß sie ein wenig nach Mottenkugeln roch.

Und an dieser Stelle merkte der Pradi auf, man konnte sehen, wie er mir aus seiner streng aufrechten Position heraus eine Zuwendung zukommen ließ. Nicht, daß er sich bewegte, nicht einmal die Augen, aber irgend etwas schien er gemerkt zu haben, er spannte sich.

Ja, mein Lieber.

Da bedarf es der Konzentration.

Ich hatte ihr auch das Höschen ausgestopft. Denn wenn wir Haue kriegen sollten, sollte es ja nicht weh tun. Also stopfte ich ihr eine doppelte Lage Zeitungen hinter die kleinen Pobacken oder gab mir jedenfalls größte Mühe, sie so zu stopfen, daß sie als Schutzpolster ausreichten. Vorsichtshalber. Und das bedurfte schon einiger Sorgfalt. Die Pobacken zu schützen. Ich hatte immer wieder nachgepolstert, habe die Zeitungslage arrangiert und rearrangiert und immer wieder nachgefühlt, ob das Polster auch richtig saß, und sie war auch so unendlich geduldig, das Mädchen Ursula von nebenan.

Mit einigem Ergebnis.

Ich sah, daß der Meister der Unbeweglichkeit jetzt doch die Augen bewegte. Ich möchte ihn keinesfalls verhöhnen, aber es war doch belustigend anzusehen, wie er schräg aus dem Augenwinkel sozusagen im Bogen herum versuchte, unbeweglich auf das Tablett zu schielen. O nein, nicht auf seines. Auf meines! Ich hatte mir nämlich auch eines zugelegt – hatte ich mir erlaubt –, gebildet aus dem gestreckten und dem untergeschlagenen Bein. Mit einigem Erfolg.

Das darf ich hier in aller Bescheidenheit anführen.

Meine Tante Veronika auf der Suche nach dem verlorenen Knopf. Sie war immer auf der Suche nach Knöpfen. Unweigerlich fiel ihr einer zu Boden, wenn ich ihr einen Besuch abstattete, rollte sonstwohin und war nicht mehr aufzufinden, es war chronisch. Sie bückte sich, bückte sich stundenlang, das hat sich mir als Dauerbild eingeprägt, die eigentümlich gekerbten Oberschenkel mit den tiefen Dellen sowohl in den Kniekehlen als auch hoch am Gesäß, so als ob die Tante sehr muskulös wäre. Sie war aber nicht muskulös, es waren lauter Polster, und waren auch nicht hart, als sie sich eines Tages aus Versehen auf mich setzte. Als ich ihr eines Tages halb besinnungslos beim Suchen half.

Meine Tante Veronika in einem besinnungslosen Nebel auf der Suche nach dem Leberfleck.

Jetzt bemerkte ich es: Der Pradi mußte sich inzwischen zur Gegenwehr entschlossen haben, oder doch wenigstens seine bis dahin gezeigte Statik aufzugeben. Ich hatte es längere Zeit versäumt, ihn im Auge zu behalten – ähnlich dem japanischen Schwertkämpfer, der, in sich versenkt, ein Muster schöner Schwerthiebe um sich ausbreitet, ohne der Angriffe des Opponenten zu achten. Und war nun überrascht zu sehen, daß der Pradi, also mein Opponent, inzwischen zu seiner Höchstform aufgelaufen war. Hatte er sich bisher mit einem halben Pfund begnügt, so lag da plötzlich ein nahezu ganzes auf dem Tablett.

Das war schon bemerkenswert.

Voluminös, satt glänzend lag es da. Wegen der offensichtlichen Schwere zur Seite geneigt. Ein Gebilde, das einem schon das Fürchten lehren konnte, und das, ich muß es noch einmal betonen, ohne eigentliche Erektion, nur als Materialmasse.

Heilige Sch...!

Und dann, während ich mich noch entsetzte – und automatisch dementsprechend an Boden verlor –, sah ich es: Der Mann mußte eine irgendwie innere Muskulatur betätigen, eine anatomische. Oder glaubte, es zu sehen. Was sich dort abspielte. Ich blickte ihm längere Zeit scharf aufs Tablett (auf seines), glaubte einen fast unmerklichen Rhythmus wahrzunehmen, kaum zu erkennen, nur als Anmutungsqualität; aber wenn ich ganz genau hinsah:

Der Mann pumpte.

– – –

*

So war denn aus dem Spiel Ernst geworden.

Äußerlich durchaus ruhig und beherrscht, saßen wir hier in tödlicher Verklammerung, jeder für sich aufrecht, ich mit dem ausgestreckten Bein, er doppelt verschränkt und beide mit ernstzunehmendem Tablett. Denn nun wurde schweres Geschütz aufgefahren, darf man sagen.

Zeitlebens hatte ich einen Hang zu Respektspersonen gehabt, Lehrerinnen, möglichst Mathematiklehrerinnen, bei denen ich versagte, oder hohe weibliche Gerichtspersonen, Abgeordnete, massige Ministerinnen für das Äußere. Diese sich im Hemd vorzustellen, wie sie im Dachfenster steckenbleiben und heftig mit den Beinen rudern, während ich hilfreich nachschiebe. Oder im Gegenteil ganz dünne Respektspersonen mit Brille und ganz kurzem Hemd in einer Mauerritze bei Erdbeben oder bei einem Staatsstreich (rudernd).

Schweres Geschütz.

Eine Schwachsinnige beim Versuch, in eine Abflußöffnung zu klettern. Verkehrt herum. Oder in ein Zuflußrohr einer Sirupfabrik, ein heilloses Unterfangen, da sie bereits mit Kopf und Armen festsitzt, das Ganze aber in Sirup. Sirup ist überhaupt eine vollkommene Schweinerei und völlig heillos. Oder in der Schmierseifenfabrik! Wie wäre es mit zwei oder drei glitschigen Mädchen, denen zu helfen einfach Pflicht wäre? Oder mit einer vollbusigen Frau und ihrer sehr dünnen glitschigen Tochter? Natürlich haben sie allesamt aus irgendwelchen Gründen ihre Kleidung eingebüßt, und es ist sehr schwierig, sie durch das Seifeninferno zu ziehen, zu schieben oder sonstwie hindurchzuschmieren.

So hatte sich das Blatt gewendet.

Aus dem Augenwinkel sah ich, wie der Pradi sich gehörig entsetzte, er war um gut ein Drittel wieder zusammengesunken, wie ich feststellen konnte. Zusammengesintert. Eindeutig abgeschlagen. Für den Außenstehenden mag es sich um ein stundenlanges unbewegtes und insofern unverständliches Herumsitzen gehandelt haben, «die saßen bloß da», ich aber sage, daß dieses Schwanzduell vom 4. Sept. 2002 in die Annalen der Menschheit einging. Zumindest die des Jakobi-Bades.

Denn da wäre noch die in Moraldingen strenge Tante Helene gewesen, die vor lauter Anständigkeit eines Tages im lauwarmen Wannenbad ohnmächtig wurde. Die hatte es nämlich wirklich gegeben. Die Mühe, die es kostete, sie auf die eine oder andere Weise aus dem lauwarmen Wannenbad zu hieven, entweder so herum oder anders herum (was auch sehr schwierig war) – die brauchte aber schließlich nicht mehr eingesetzt zu werden.

Hat es eine Triumphrunde im Circus Maximus gegeben. Na, jedenfalls bin ich danach voller Stolz einmal um den Pool gelaufen. Während oben am Ausgang der Pradi (Pradhi Rama) soeben hinaushumpelte.

13

Die Badesaison neigte sich dem Ende zu. Es war noch immer warm, München noch immer schwer, aber der Schatten, der bis elf Uhr auf der linken Seite des Beckens zu liegen pflegt, war länger geworden, und die Schließung des Jakobi-Bades rückte merklich näher. Allein der Gedanke, daß es ein Ende des Sommers geben würde, senkte bereits Kühle in die Gemüter.

Dennoch schien der Sonnengott an diesem Tag noch einmal seine ganze Kraft zusammengenommen zu haben, wir lagen wie in den besten Zeiten ausgebreitet auf unseren Tüchern. Hingegeben. Speziell mit der Juliane schien er (der Gott) eine Verabredung einzuhalten, denn als sie kam, wie immer spät am Vormittag, zog er wie zufällig einen Schleier vom Himmel, brannte ganz speziell für sie und auf sie herab, wie ein Freier. Ich hatte das einen Sommer lang ansehen müssen. Sie räkelte sich – nachdem sie ihre langen braunen Glieder in seine Richtung hin angeordnet hatte – räkelte sich ihm entgegen. Eifersucht? Ja, Eifersucht war wohl auch im Spiel, wie ich hier neben ihr lag und der schamlosen Vereinigung beiwohnte.

Es war aber so, daß sie es an diesem letzten schönen Tag übertrieb (es war wohl der letzte). Erst lag sie zwei Stunden lang völlig unbeweglich auf dem Rükken. Augen geschlossen, Gesicht jenseitig lächelnd, sogar etwas amüsiert – man wußte nie, welche Empfindungen dort abliefen. Dann zwei Stunden auf dem Bauch liegend und wieder zwei auf dem Rücken. Sie war ja tief gebräunt, hatte sich im Laufe des Sommers die Farbe einer Bergkatze zugelegt und insofern bestand keine direkte Gefahr. Trotzdem verfärbte sie sich bereits nach kurzer Zeit, ich hatte das verfolgen können, es war ein Erröten. Nein, kein Rotwerden, keine Rötung, mit der sich der Sonnenbrand ankündigt, sondern ein Rosigwerden. Jedesmal ein Ereignis, das zu sehen.

Sie lag schräg in stumpfem Winkel zu mir, der sich aus dem Sonneneinfall ergab – es mußte immer genau eine Senkrechte sein –, im Verlauf des Tages würde sie sich dann wie ein Uhrzeiger mit der Sonne mitdrehen.

Nach den ersten zehn Minuten war sie bereits eine Rose, eine zarte, die aber zunehmend brennender wurde. Von einer Stunde zur anderen. Gleichzeitig nahm aber auch das Volumen zu. Ich habe nie ganz begriffen, wie das vor sich ging, offenbar wurde hier ein Blutstrom umgeleitet: Die Schenkel wölbten sich, die spitzen Brüste wurden spitzer, die Brustwarzen sahen jetzt nicht mehr wie das Ende von Bleistiften aus, eher wie die Griffel, mit denen die Maurerpoliere arbeiten.

Und damit nicht genug. Ich glaube, es ist an der Zeit, eine Beschreibung zu liefern, die ich bisher vermieden habe, fast unverzeihlich, wenn ich an die lange, die stattlich lange Reihe von Genitalien denke, die bisher ins Feld geführt wurden. Julianes Genital, bei Licht und bei Sonne besehen, war klar und deutlich durchmodelliert, eine skytische Skulptur – wenn man mir den Vergleich verzeiht –, ein Löwenfalke, ein geflügeltes Doppelwesen, das durch die Mythen fliegt, wobei zwei kräftige innere Schamlippen die Flügel darstellten. Einen leisen Bruch in der Symmetrie gab es bei den Lippen, die den Kitzler umschlossen, die eine war stärker ausgeprägt, wie ein einseitiger Schild, ein skytischer Hakenschild für die Schulter. Man sieht, ich kann nicht anders, Gott helfe mir.

Denn analog zur allgemeinen Schwellung der Juliane in der Sonne, nahm jetzt auch dieses schöne Gefährt allmählich Fahrt auf – ich, der ich im stumpfen Winkel lag, konnte es beurteilen –, wurde zusehends und zunehmend schneller. Raste endlich voll unter dem Venushügel davon, moduliert, poliert und rasiert natürlich. Ein rasanter skytischer Streitwagen und absolut tödlich, soweit sich das beurteilen ließ.

Vor allem beurteilen, wohin die Fahrt ging.

«Weißt du, ich bin etwas in Sorge», erklärte ich, «du liegst jetzt seit Stunden prall in der Sonne, und so ungefährlich ist sie (er) auch im September nicht.»

Zumal wir einen ungewöhnlich klaren Himmel hatten.

«Ich meine, du könntest ja auch mal eine Pause machen. Er (sie) läuft dir nicht weg.» Aber da stieß ich wohl nur auf taube Ohren. Ich habe mich gelegentlich einmal im «Ratgeber für gesunde und kranke Tage» über Sonnenschäden belesen, die da angeführt wurden – allerdings aus einer Zeit, da Sonnenbaden noch utopisch erschien – und hier waren sie, die bedrohlichen Farbtafeln (I-IV): Rötung, Schwellung, Blasigwerden bis hin zur völligen Zerstörung des Gewebes. Die Haut pellt sich.

«Ich pelle mich nicht.»

«Ich weiß, es ist reine Liebe», sagte ich, «ihr habt ein intimes Verhältnis, aber es kann ja auch einmal zuviel des Guten werden.»

«Alex, davon verstehst du nichts.»

«Ich weiß.»

Auf Tafel V war ein rotgesichtiger Schwachsinniger abgebildet, ein Schreckensgesicht mit verdrehten Augen – dazu muß man die damalige körnige Bildtechnik in Rechnung setzen: Der rote Hirndruck, der «Sonnenstich». Und daneben ein nicht minder schreckenerregender Wasserapparat, eine Art Schaukelbad für den Hinterkopf, womit anscheinend Abhilfe geschaffen werden sollte. Nur war der Patient – in Turnanzug und Halsbinde – ohne Frage längst hinüber.

«Zunehmender Dämmerzustand, Bewußtlosigkeit», rief ich aus, «Krämpfe, zentraler Tod (Exitus)!»

Ich weiß, aus mir sprach die Eifersucht, machtlos wie ich war, außerdem hatte das Mädchen Juliane sowieso niemals auf mich gehört. Was sagte sie, als ich ihr ernsthaft Vorhalte machte, sie sagte:

«Ich habe mich angemeldet, Alex.»

«Du hast was?»

«Angemeldet zum Intensivkurs.»

Und das erfahre ich ganz nebenher.

*

Es ist phantastisch, hatte ich einmal zu meinem Schuldirektor gesagt, da zahlen die Leute Geld dafür, daß sie sich prostituieren dürfen. Stellen Sie sich vor, Kunden, die sich als Ware zur Verfügung stellen, die sie selber kaufen wollen – ein perpetuum mobile –, *und* dafür bezahlen. Wieviel? Was weiß ich, sagte ich, einen Tausender? Veranstalter, die auf so etwas kommen, müssen genial sein, es ist das Ei des Kolumbus! Und das leuchtete ihm als Schulmann ein. Wie sehr ich ihn vermisse. Jetzt, da die Tage kürzer werden und die Schließung des Jakobi-Bades bevorsteht (wahrscheinlich am 15. Sept.), werde ich ihn wohl sobald nicht wiedersehen. Um ein Wort loszuwerden.

«Haben Sie denn da mitgemacht?» hatte er gefragt.

«Ich? Niemals!»

Es gibt mindestens fünf oder sechs dieser Institute im Umkreis Münchens, den «Tempel», die «Himmelsflieger», die «Begegnung» und noch einige, alle mehr oder weniger tantrisch ausgerichtet. Teils als geschlossene Seminare, teils als Werkgruppen oder gruppendynamische Praxen deklariert – Krankenkassen tragen die Kosten natürlich nicht. Für eine dieser Institutionen jedenfalls hatte Juliane sich angemeldet, hatte sogar Geld angespart, wie ich beiläufig erfahre.

Tantra-Seminar in Einhausen.

Eine Woche lang Intensivkurs mit Verpflegung und Schlafstelle. Jeder bringt, was er hat. Jeder seine eigenen Tücher und sonstige Materialien, und was für Materialien? Kerzen, Massageöl, Kinderbilder. Kinderbilder? Ja, Bilder aus der Kindheit für die Herzarbeit. An dieser Stelle habe ich ihr dann meine Meinung über dieses ganze windige Geschäft gesagt.

– – –

Wir lernen und erlernen unseren Körper. Wir lernen die Beckenschaukel und die Innere Flöte. Wir lernen atmen. Genüßlich im eigenen Körper sein, Einstieg in den Garten der Liebe, Heilung des Inneren Kindes und der Verletzung der Gefühle. Und des Seins. Und wann, um Gottes willen, lernen wir das?

Vom 20. Sept. bis zum 26. Sept.

«Da komme ich mit», rief ich aus.

14

Ich weiß, wo sie ist.

Sie ist bei dem Mönch – Budha Ratnor ist sein Name –, und der lehrt sie schlimme Dinge.

Es gibt dort eine Höhle, ich weiß nicht, ob er selbst darin wohnt, wahrscheinlich nicht, wahrscheinlich wohnt er feudal in einem der Lehmpaläste am Fluß; dem Volk aber zeigt er sich in der Höhle, und dort gehen schlimme Dinge vor. Ich weiß von dem Lingam, der so groß ist, daß ihn zwei Männer nicht umfassen können, über und über mit einer Paste bedeckt, die aus der «Feuchte» von Weibern gemacht ist. Na ja, so spricht man.

Das Glück, das keines mehr ist. Also hört die Geschichte von Gautama – das bin ich – und Sita, der Schönhüftigen. Ich habe ein Tuch und ein Messer mit mir genommen und mich auf den geschlängelten Weg gemacht, der vorgezeichnet ist, so wie er verläuft: neben den langen Sanddünen, etwas zurückgesetzt, den Kämmen und Mulden folgend. Während die gellenden Obertöne, die scharfen Rasseln über den dunkleren Pauken lauter werden, je näher ich komme. Je weiter ich dorthin gehe, von wo ich nicht zurückkehren werde.

Oh, ich hätte wegsehen können, ich hätte mir ein blindes Auge oder sogar zwei leisten können, so wie die Männer im Dorf. Der Krishnu, mein Freund, der das Gute sieht, oder Ramesh, mein anderer Freund, der zwar nicht das Gute, aber vieles Heilige sieht. Ich selber, mit meinen zwei Augen, bin da anscheinend von der falschen Sehfähigkeit geschlagen.

Anscheinend will niemand wissen, wohin die Weiber gehen. Man dreht sich um und blickt gut und heilig in die andere Richtung, da ja womöglich – was weiß ich – das alles gut und heilig ist, so wie wir es gelernt haben. Als der Mann zum ersten Mal das Dorf betrat, sah ich gleich seinen Lingam, nicht daß man ihn offen sehen konnte oder daß er sich unter dem gelben Tuch auch nur abzeichnete, aber er schob ihn wie ein Gebot vor sich her.

Niemand wußte, woher der Mann stammte, plötzlich war er da, ging wie selbstverständlich in seinem Tuch durchs Dorf, verschwand, tauchte am anderen Ende wieder auf, und es gab keinen Zweifel, er war vom Atem erfüllt, vom Bramah, – das konnte selbst ich sehen, der ich doch an seinen Lingam unter dem gelben Tuch dachte. Budha Ratnor nannte er sich, ein Selbsterwählter war er. Sein Gesicht! Ich glaube, daran habe ich ihn erkannt, an zwei gnadenlosen Falten, die von den Augen zu den Mundwinkeln liefen.

«Was macht er mit euren Weibern!»

Ja, was machte er mit den Weibern, die wie verrückt in die Höhle liefen und aufgeweicht wieder herauskamen, und das meine ich wörtlich: Sie hatten diesen teigigen Ausdruck im Gesicht, aber sie waren auch naß in ihren Saris, so als ob sie dort eine Wasserkur machten.

Ich muß dazu etwas weiter ausholen, damit man den Ort sehen kann. Diese Höhle am Ende des Dorfes war von jeher von Mönchen bewohnt, die Rameshwaram-Höhle. Wenn ich die Augen schließe, sehe ich den dunklen Eingang, flankiert von zwei aus dem Sandstein geschlagenen Elefanten, rötlich riesig aus der Felswand tretend, ich sehe ihn deutlich vor mir, denn er heißt: Kindheit. Dort hatten wir bei Mittagshitze im Schatten der Bäuche gesessen, hatten auf dem Kopf der Elefanten gestanden und vor den Mädchen gekräht, hatten zwischen den Säulenbeinen Räuber und Radj gespielt – wahrscheinlich sehr laut – aber niemals (!) hatten wir die schwarze Höhlung des Eingangs betreten. Wenn es hinter der Schattenlinie kühl wurde, blieben wir Kinder stehen: Drinnen war es dunkel. Dort saß die dunkle Dame mit den sechs Armen, nicht böse, aber stark, sehr stark, so hatten wir es gelernt.

Ab und zu kamen gelbe Mönche heraus, um ihr Essen im Dorf einzusammeln, gingen wieder hinein. Sie fürchteten sich nicht, sie wohnten dort. Aber dann waren die Mönche weitergezogen oder gestorben, oder waren einfach fortgeblieben, jedenfalls kamen sie nicht mehr heraus. Ein geschlossener Mund.

Jetzt hole ich noch weiter aus. Mönche heutzutage sind keine Mönche mehr, sie predigen niedere Dinge. Die alten Mönche waren gut, es kann sein, daß ich altmodisch bin und keine Sicht habe, aber die neuen sind schlecht, sie predigen das, was sie mit den Händen anfassen. Fangen ganz unten an, indem sie die Löcher verschließen, damit der Atem, wie sie sagen, der Bramah durch die fünf Chakras nach oben steigen kann: Von der Mondgrube zum Sonnengeflecht, zur Herzkammer, hinauf zu Stirn und Scheitel, und von dort, man staune, direkt in den Himmel. So machen sie es, habe ich mir sagen lassen, benutzen dazu die rechte Hand wie einen Streichpinsel, mit der anderen zeigen sie nach oben.

Aber der Mann hatte auch mich gleich erkannt, das weiß ich. Gleich als er mir zum ersten Mal im Dorf entgegenkam und seinen gelben Lingam vor sich herschob. Wahrscheinlich hatte auch er zwei strenge Linien in meinem Gesicht entdeckt. Jedenfalls begegneten wir uns blicklos, ja, aber mit dem Blick aus der Seite heraus.

«Er kann dich nicht leiden», sagten meine Freunde.

«Ich kann ihn auch nicht leiden.»

Dazu wiegte Freund Krishnu bedenklich den Kopf.

Mein Freund Ramesh ebenfalls.

Der Mann, der Mönch – Ratnor heißt er, erwähnte ich das? – schreitet durchs Dorf wie ein Besitzer, teilt rechts und links Segen aus, indem er die Hände zusammenlegt, und was soll ich sagen, sie bringen ihm sogar das Essen – er braucht es nicht einzusammeln –, obwohl er es nicht nötig hat, sicherlich speist er unten am Fluß in seinem Lehmpalast vom Feinsten, Chapatis, Goldbrot und Fisch. Wenn ich es mir überlege, kennt mein Haß keine Grenzen, einmal hatte ich ihn mit meiner Frau gesehen, quer über den Platz gehend, und die Erde tat sich auf. Sita, die Schönhüftige, einen halben Schritt hinter ihm, hinter einem Satz hergehend, den er wohl gerade ausgesprochen hatte. Obwohl sich immer die Erde auftut, wenn ich Sita sehe, heute noch.

Zugegeben, er ist ein schöner Mann mit seinem langen pferdeähnlichen Kopf und seinem festen Mund. Das Gesicht trägt er rasiert, das Haupthaar lang, gold und schwarzsilbern mit leicht aufgeringelten Endspitzen. Wahrscheinlich parfümiert. Die Kleidung entspricht den gelben Mönchen, seine Tücher jedoch sind aus Seide und fallen deshalb in reicheren Falten, auch ist sein Gelb subtiler, tiefer, safranartig. Ein schöner Mann, ein Hengst mit einem Hengstkopf, aber ich sehe – wohl als einziger – die abgrundtiefen Furchen von den Augenwinkeln bis zum Mund.

«Er bringt einen bösen Samen.»

«Er bringt keinen bösen Samen», widersprechen die Freunde Ramesh und Krishnu.

«Zwischen die Schenkel eurer Weiber.»

Damit errege ich aber nur Unwillen, denn so spricht man nicht von einem heiligen Mann. Außerdem bringt er den Samen auch zu den Männern und die sind ganz versessen darauf, laufen breitbeinig durchs Dorf und warten auf ihren Tag in der Woche. Frühmorgens, wenn sie am Meer alle in einer Reihe hocken, um das Morgengeschäft zu verrichten, öffnen sie ihr Gemüt und sprechen von nichts anderem. Ich gehe seitdem nicht mehr ins Dorf, weil ich keine Freunde mehr habe.

«Du bist schrecklich», sagt meine Frau zu mir.

Ich bin durchaus nicht schrecklich, ich bin heillos altmodisch vielleicht, und eigen, aber dazu muß ich noch weiter ausholen, damit man weiß, wovon ich spreche. In meiner Jugend lehrten sie uns den rechten Weg, und das war Enthaltsamkeit, das war Maß, die Zuwendung zu höheren Plätzen, die einzunehmen man sich bemühen sollte, und wodurch? Durch Enthaltsamkeit und Maß, das haben sie uns beigebracht. Ich bin nie ein Asket gewesen, obwohl auch das von mir erwartet wurde – sich innerhalb der eigenen Haut zurückzuziehen, ganz selbst zu werden, ganz «Sein» oder besser noch «Nichtsein». Das hat mir nie so recht eingeleuchtet. Nein.

Ich bin ein Mann des Schaffens, und ich schaffe mit meinen Händen, die ich deutlich vor mir sehe – also werden sie wohl vorhanden sein –, mit denen ich den Ganesh mache und die anderen schönen Figuren, den Shiva und die Shakti und den Hanuman, wie er gerade den bösen Feind Shrinar, halb Baum, halb Schlange, mit dem Schwert erschlägt. Ich kann sehen, ich kann schmecken, ich kann fühlen. Und die Schönheit hat ihr Maß, das mich glücklich macht – Sita –, warum soll ich das leugnen.

Aber nun haben sie das Maß verdreht. Im Süden, in Ooti, in Madurai und anderen Orten haben sie die Tantra-Tempel gebaut. Es ist das Kundalini, das dort gepredigt wird, die Schlangenkraft, die Kraft, die wir unterhalb des Gürtels benutzen. Mann und Frau und beide zusammen.

Soweit leuchtet es ein, denn nichts anderes haben wir gemacht, die Sita und ich, und wenn ich es recht bedenke, ist es sogar heilig gewesen. In bestimmten Augenblicken, wenn sich die Welt umstülpt und wir die gemeinsame Fahrt beginnen, die Sita und ich, jedenfalls in eine Art Götterhimmel. So genau in Worten kann ich das nicht ausdrükken, sie ist dann die Shakti, die alles unsichtbare Leben trägt, den Ozean des Unerfüllten, und ich bin der Shiva, der eintaucht, damit es sich erfüllt. Nur daß wir zu diesem Zweck keinen Budha Ratnor benötigen (wenn er überhaupt so heißt), der ins Dorf gekommen ist, als würde er es besitzen, das ist nicht ganz einzusehen.

Um zum höheren Sein zu gelangen.

Als ich eintrete, ist es draußen schon dunkel, die beiden Elefanten am Eingang auf ihren jetzt schwarzen Säulenbeinen sehen fast noch größer aus als früher, als sie so groß und rötlich in der Mittagshitze standen. Weiter hinten sind Schalen mit Öl aufgestellt, in denen Dochte brennen. Das schwere Gatter ist im Mittelteil offen, als würden noch weitere Besucher erwartet, es ist aber niemand zu sehen, und ich höre auch keine Fußtritte, nur das Rasseln vom Dorf und das entfernte Gellen, mit dem sie die Pilger wachhalten. Ich spüre diese aufgeheizten Steinplatten unter meinen Fußsohlen und ich weiß, daß hier im offenen Vorgewölbe die Sonne vier Stunden lang darauf gestanden hat, zum Gatter hin sind die Platten kühler, dort liegt immer der Schatten des oberen Gewölbes. Bis hierhin reicht der Weg, den ich so gut kenne. Bis hierhin und nicht weiter. Danach wird alles anders sein.

*

Die Yoni-Massage beansprucht die ganze rechte Hand, alle Finger: Der kleine ist in der Rosette verankert, drei Finger ruhen innerhalb der Yoni, während der Daumen die kleine Dolde streicht, aber kaum merklich oder überhaupt ganz unmerklich. Es wird stillgehalten. Ein leises Zittern vielleicht. Und es braucht Zeit, eine Menge Zeit, daß sich die Energie sammele, daß sich der Ozean fülle. Man nennt das «die Woge bereiten», und das geschieht in der Stille. Vielleicht ein ganz leises Kneten nach unendlich langer Zeit und auch erst, nachdem sich die goldenen, die Herz- und Hirnchakras gefüllt haben, die Bauchchakras sind schon voll. Es ist eine «Komm zu mir»-Bewegung der drei inneren Finger der rechten Hand, wobei der Handrücken nach unten (außen) gehalten wird, ein, ja, unmerkliches Streichen der zart gebuckelten Vorderseite der Scheide – das ist die geheime «Stelle» –, wo sich die Schlangenkraft auftut. Und es braucht Zeit, eine Menge Zeit. Ein leises Wogen, auf und ab, so wie der Atem geht. Auf und ab.

Woher ich das weiß? Ich weiß es.

Ich habe das Tuch um mich gewickelt, an der Hüfte fest geknotet und über die Schulter geschlungen, das Tuch ist blaßrot mit dunkelroten Streifen, es ist sehr schön. Meine rechte Schulter und der Arm sind frei. Hinter dem Gatter sind noch mehr Lichtschalen aufgestellt, nicht regelmäßig, nur hier und dort, aber insgesamt einen Weg weisend, eine Lichtstraße wie zu einem Fest, das auf Gäste wartet, und die Luft ist fettig vom verbrannten Öl.

Hier ist ein Gang, der etwas ansteigt und wieder abfällt, mit einem Knick nach zwanzig Schritt und einem weiteren nach vierzig. Die Öllichter an den Ecken sind so aufgestellt, daß sie nur den abgebogenen Teil beleuchten, und da sie auf dem Boden stehen, wird mein Schatten groß an die Decke geworfen. So tief bin ich noch nie eingedrungen, ich glaube auch nicht, daß es mir erlaubt ist. Nicht mir. Das Messer habe ich hinter den Knoten des Tuches gesteckt. Es ist ein Geschenk meines Onkels Babu zum sechzehnten Lebensjahr, ein Tokki-Messer in einer Scheide aus Holz, drei weinende Affen darstellend. Hatte ich es doch von jeher als albern empfunden, und jetzt soll es mein Leben beenden?

Bis sich der Gang weitet: Da ist er, steht da leibhaftig, eigentlich hatte ich es nicht ganz geglaubt, daß er am Ende leibhaftig dastehen würde. «So hoch und groß und dick.» Da erweitert sich der Gang zu einer Höhlung, rund wie ein Topf, in der der Lingam aufrecht steht, als ob er darin gekocht werden sollte. Nun, es sind nicht gerade zwei Männer, die ihn kaum umfassen können, aber einer allein kann es ganz gewiß nicht. Gewaltig alt. Wie er da steht, aus schwarzer Bronze, bedeckt von armdickem Adergeflecht, gekrönt von einer riesigen Eichel, geformt wie ein Schirm und glänzend im Schein der Öllampen, triefend, wohl tausend Jahre alt. Oder mehr. Ich nehme an, daß er wie ein Berg dröhnen würde, schlüge man mit dem Hammer darauf.

– – – –

Dahinter führt der Gang weiter ins Dunkle, ins Heiße, der Felsen wird schwerer hier, dichter, und der heiße Ölgeruch erhält einen Zusatz, etwas sämig Süßes, das sich wie Hanfstaub auf den Atem legt. Wie ein leidiger Übergriff. Was ist das, ich spüre, wenn ich jetzt eine Frau wäre, fühlte ich mich besamt, aber ich bin ein Mann und fühle es ebenso. Was ist das? Und dann höre ich das hich – hich – hich – haaaaah –, es öffnet sich ein Gewölbe weit und schwarz, so hoch, anscheinend bis unter die Bergkuppe reichend. Oben herrscht Nacht, hier unten ist der Boden strahlend hell von hundert Öllampen, jede für sich in einer flachen, in die Wand gehauenen Nische wie eine kleine Gottheit im Schrein. Und das hich – hich – hich kenne ich auch. Es ist das Prana Apana, das Ein- und Ausatmen, das sie praktizieren, indem sie ruckartig die Luft einsaugen und dann, haaaaa, laut ausströmen lassen. Ich weiß nicht, ob es schön ist, aber das Vergnügen ist ja nicht das Ziel, sondern der Weg. Sagen sie.

Hich – hich – hich – – – – – – – – haaaaaah.

Dazu soll man auch den großen Dammuskel benutzen, der den unteren Ausgang des Menschen verschließt, wenn man den benutzt, sagen sie, wird das letzte Quentchen unreiner Luft ausgepreßt. Der allerletzte Rest. Da sitzen sie im Kreis und machen sich leer, pumpen, pumpen, bis sie alle platzen, aufrecht im Lotossitz. Das nennen sie Kapalabhathi (oder das, bei dem man heftig niesen muß).

Ich bin, um nicht entdeckt zu werden, sofort zurückgetreten, aber nun findet hinter dem Vorsprung anscheinend etwas Bedeutsames statt, dessen ich nicht teilhabe. Denn es herrscht plötzlich Stille, aber so vollständig und total, daß sie schon fast wieder hörbar ist. Ein Schauspiel? Eine heilige Handlung, eine grauenhafte Verwandlung? Sie heben die zusammengelegten Hände und glotzen, daß ihnen die Augen aus dem Kopf treten, und das sieht nicht sehr heilig aus. Ich weiß, mein Haß kennt keine Grenzen, aber ich sage, Kröten, die ihren Lurch absondern, hätten nicht unheiliger glotzen können als diese Gemeinde, die ich hiermit aus meinem Leben entferne.

Denn wie soll ich das überleben, was jetzt geschieht, als ich erneut um den Vorsprung schaue. Soll ich mich selbst entfernen aus meinem Leben – aus dem Ganzen vielleicht, Geburt und Tod *und* der Erinnerung daran, und das ist ja noch nicht einmal das Ganze, nach unseren Glauben. Als ich nun sehen muß, welch Bedeutsames sich am anderen Ende des Raumes abspielt:

Sita, die Schönhüftige, die Empfangende – denn das bedeutet der Name – sitzt oder liegt halbsitzend mit gespreizten Beinen auf der Matte und zeigt ihre Furche, ihre Yoni. Oh, sie tut das nicht halbherzig, soviel kann ich erkennen, sie spreizt sich mit aller Vehemenz, hat die Knie weit auseinandergenommen, hält sich in den Kniekehlen fest, so daß alle sie sehen können, und sie hat eine schöne Yoni. O ja, ihre Yoni ist wohlgebildet, ein ganz prächtiger Fruchtstock ist das. Soviel kann ich auch von meiner Ecke her erkennen – und habe es, wenn ich mich recht erinnere, schon ein wenig früher erkannt: Ein schwellendes, hingebendes Gebilde ist das. Eine Gotteslandschaft, auf und ab, und über die Hügel, ich habe sie in den schönsten Augenblicken begangen. Und nun begeht sie ein anderer.

Der hat sich im aufrechten Sitz neben ihr niedergelassen. Mit der einen Hand scheint er einen Strahlenkranz zu zeichnen, mit der anderen aber, der rechten, nähert er sich der Yoni. Handrücken nach unten, kleiner Finger abgespreizt, drei Finger gebogen, Daumen nach vorn. Sehr präzise und mit offenbar allergrößter Heiligkeit, denn ein Anhalten des Atems tritt nun allenthalben ein (selbst bei meiner Unwürdigkeit). Und das Glotzen, ich will nicht ungerecht sein, habe jeden Mann und jede Frau studiert, also, das Glotzen geschah wenigstens mit Schrecken!

Meine Sita saß auf der Handfläche eines Gottes. Im wirklichen und im metaphorischen Reitsitz. Ein für allemal.

*

Es gab für mich nur zwei Möglichkeiten. Ich hatte die Wahl, den Gott umzubringen oder aber die Sita, oder – – das war auch noch eine Möglichkeit – – mich selber.

Man stelle sich die heiße Stunde kurz nach Mittag vor, staubige, dicke, rote Luft liegt über der Straße, die menschenleer ist – um diese Zeit wird kein Mensch lustwandeln. Doch einer. Mit abwesenden schleppenden Schritten schlurft er zum Eingang des kleinen Bogwan Tempels. Wo er wie gewohnt, mit Wasserkaraffe und einer Schale Betel in ein offenes Gewölbe zurückgezogen, halb dösend nachmittägliche Audienz gewähren würde. Hauptsächlich für Frauen und Mädchen, mit zu langen Schamlippen vermutlich.

Eine Woche lang hatte ich seine Gewohnheiten studiert. War ihm auf die Dörfer gefolgt und mehrfach auf einen in der Nähe liegenden Markt, wo er jeweils bei einem Händler für Drogen und Gewürze verschwand und erst nach Stunden wieder herauskam. Vorn standen Bottiche voll getrockneter Wurzeln, Samen, Viszeralien. Hinten ein Tunnel, wo dunkle Ballen sich stapelten und sich stundenlang Dunkles abspielte, offenbar. Ich folgte ihm auch zu einem braungelben Haus auf einem Hügel, aber das hatte schiere Mauern und wohl auch einen Wächter – ich sah einen bärtigen Mann oben auf der Hausecke kauern. Und ich folgte ihm zu einem Zahnreißer (den er jetzt nicht mehr braucht).

Das alles nur aus gehöriger Entfernung, ich glaube nicht, daß er meine Anwesenheit bemerkte. Oder doch?

Jetzt ist es ruhig im Ort. Man hört die Sandpartikel, die in der Hitze von den Mauern abbröseln, und man hört den Schatten der drei großen Bäume, er atmet. Der Bogwan Tempel ist ein Relikt aus ganz alter Zeit. Mehr oder weniger nur ein ummauerter Hof, in dem sieben Sandsteinfelsen liegen, jeder für sich, wie von Riesenhand in das Geviert des Hofes gelegt – aber wahrscheinlich waren die Steine zuerst da, und die Mauer wurde herumgebaut. Doch Wunder! Jeder Stein wurde in ganz alter Zeit auf das kunstvollste gemeißelt und ausgehöhlt, jeder ein Tempelchen für sich, einer mit vier Ecktürmchen, einer mit sandsteinernem Baldachin, einer wie eine kleine Stufenpyramide, nicht höher als zwei Mann, die aufeinanderstehen. Und den ausgehöhlten Elefanten nicht zu vergessen, der auch nicht fehlt. Es ist dies, möchte ich behaupten, der friedlichste, besinnlichste und zugleich einfältigste Platz im ganzen Land, ein Spielzeugzimmer der Götter, und wer anderes als ein Bösewicht könnte hier Böses vollbringen wollen.

Ich hätte auch eine andere der drei Möglichkeiten wählen können. Denn ich weiß, daß alle drei in denselben schwarzen Raum münden, meine Sita werde ich nicht zurückerhalten und mich selbst auch nicht. Das ist gewiß.

Man hält das Messer nicht wie eine Hacke und auch nicht wie einen Hammer. Man hält es wie eine Lanze mit imaginärer, auf den Zwischenraum der vierten und fünften Rippe gerichteter Spitze. Leicht mit Daumen und Zeigefinger am Blatt. Warum ich mich dazu entschlossen habe? Vielleicht weil es meiner Natur entspricht, ich kann kein Tier töten, ich kann noch nicht einmal einen Baum absägen und zu Tode bringen. Aber ich kann Budha Ratnor töten, und nur ihn, wenn ich drei Möglichkeiten der Verdammnis zur Auswahl habe.

Er schlurft den trockenen, unbewachsenen Verbindungsweg zum Tempeleingang entlang, und hier am Weg halte ich mich hinter einem Steinquader verborgen, trete, sobald er an mir vorüber ist – in seinem hängenden gelben Tuch, in dem sich der entsetzlich hängende Lingam abzeichnet –, trete hinter ihm auf den Weg. So daß er meine Schritte hören kann.

So daß er – – – ich weiß, er hört sie, und er weiß auch, was sie bedeuten, geht trotzdem nicht schneller, eher langsamer, schlurft eher noch gebeugter, läßt Schultern, Genitalien und sein gelbes Tuch eher noch länger hängen. So daß das Schicksal sich erfüllen kann.

Ja, aber nicht für Budha Ratnor!

Der schnellt, als ich ihn einhole und überhole – und im Überholen ihm das Messer seitlich zwischen die vierte und fünfte Rippe stecke – überaus drahtig herum, grell und auf der Stelle präsent, dreht sich wie eine Drahtkatze, ein Messerkämpfer. Denn wie hätte er sonst die elf Attacken überlebt, die ihm im Laufe seiner Heiligkeit von elf gehörnten Ehemännern bereitet waren, denn diese elf waren alle tot. Und was ich für einen Lingam unter dem Tuch gehalten hatte, ist in Wahrheit ein langer gebogener Dolch, den er wie von ungefähr in der Hand hält. Nicht wie eine Hacke und auch nicht wie einen Hammer, er hält ihn waagrecht in Bauchhöhe, er will schneiden, die Eingeweide aufschneiden, nicht stechen! Ein Sichelwagen! Im Drehschwung! Auf einem geraden sandigen Wegstück.

Aber da hat er es schon zwischen den Rippen (da steckt das Messer), und das alles geschieht gleichzeitig im Überholen, nur daß ich eben ein wenig schneller als die anderen elf Ehemänner überholt hatte.

15

Es kündigte sich bereits Herbstwetter an. Die Fahrt nach Einhausen war voller brauner Flecke in meiner Erinnerung, braune Lachen, naßgewordene Strohkubikel, die Menschen auf dem Feld trugen braune Hüte, selbst die Dächer waren bräunlich gesprenkelt. Wir fuhren verabredungsgemäß mit dem Ehepaar Fetter, der Mann fuhr zügig, etwas überdreht, während wir anderen uns zurücklehnten.

Es war verabredet worden, daß wir nicht als Paare teilnahmen, Juliane hatte das bestimmt. Alex, hatte sie gesagt, wir fahren auf keinen Fall als Paar, das wäre nicht richtig, und die Eheleute Traudl und Klaus Fetter hatten dazu genickt, er etwas stärker als sie. Ein wahres Mäuseehepaar, wenn ich das sagen darf, zierlich, gläubig, naiv sogar, wie ich aus einigen geäußerten Ansichten entnehmen konnte, beispielsweise was den Kapitalismus anging oder einige Sozialprobleme, ich hielt mich da besser heraus.

Der Klaus war eindeutig der aktivere, Frau Traudl der beklommenere Teil des Paares. Das ja nicht als solches auftrat. Allerdings hatte ich den Eindruck, daß Frau Traudl nicht ganz freiwillig an dem Unternehmen teilnahm. Eine unterdrückte Seele? Sie war sehr bleich, dunkle Haare, und sie war, ja, nicht hübsch, aber nett, etwas verschattet, und als ich sie einmal von der Seite ansah, traf mich ein Blick wie ein kleines Pique-As. Ihr Mann dagegen, wie soll ich ihn beschreiben, bei aller Mäusehaftigkeit gab er sich ziemlich krähend. Ein Kikeriki (ein Mäusekikeriki).

«Warst du schon mal im Pok-Dan?»

Ich verneinte, ich konnte nur ahnen, was das sein sollte, wahrscheinlich ein Körnerrestaurant. Juliane jedenfalls schien ihre Freude an den beiden zu haben.

«Wart ihr schon mal im Freitänzer?»

Da waren sie schon mal gewesen.

Wir näherten uns Einhausen, erkennbar am immer schlechter werdenden Straßenbelag, angeblich war das hier Militärgelände (gewesen). Was kostet denn der Spaß, hatte ich gefragt. Also er kostete runde Achthundert, inklusive Vollpension und einfacher Unterbringung, das Ganze sollte sieben Tage dauern. Montag bis Sonntag in Einhausen. Wo ist denn das, bei Gernsried, eine Stunde aus München heraus. Und wann? Am 20. September, genannt «Die Öffnung», Öffnung des Seins.

Wessen?

Alex, hatte sie gesagt, du bist furchtbar.

Als wir in den Hof einfuhren, warteten bereits zehn bis zwölf Teilnehmer neben dem langen Stallgebäude. Vorne wohnten anscheinend noch andere Leute, dort schauten zwei Kinder aus dem Fenster und ein gefleckter Hund, das Seminar sollte aber offensichtlich hinten stattfinden, wo über der Tür eine ausgespannte Fahne hing, «Tempel des Tantra», auf Sackleinwand gemalt, rustikal. Rechts und links je ein Kübel mit Stechpalme, dort standen auch mehrere Melkschemel. Antiquitäten?

Wie gesagt, ich war furchtbar, ich war voreingenommen und negativ gestimmt, und zwar aus Stilgründen, ich hasse Sackleinwand, ich hasse Melkschemel, vor allem hasse ich Rückgebäude. Und das Publikum konnte es mir auch nicht rechtmachen: Da gab es einen bärtigen Mann, eindeutig Naturmensch, dem bis zum Gürtel offenen Hemd nach zu urteilen, der sich offenbar für sehr populär hielt. So wie er dastand. Es gab ein ältliches Mädchen, das auch sehr «single» umherblickte. Einen schönen großen Mann gab es, abseits an der Wand lehnend, er hielt sich leicht gebeugt.

Dann noch ein weiteres Naturwesen, Friede Neumann, ganz in grobem Strick, gestrickter Hose, gestricktem Kaftan, ungebleicht und naturbelassen. Offenbar bekannt hier, da ihr Name genannt wurde. Dann eine ganz Dicke und auch eine ganz Dünne und ein junger Spund, höchstens achtzehn, was wollte der hier? Es kamen noch weitere Leute, so daß nach einer Weile – es mochte eine halbe, vielleicht sogar eine ganze Stunde gedauert haben, inzwischen war es merklich kühler geworden und für den Abend schien sich Regen (noch dunkleres Herbstwetter) anzukündigen –, daß hier etwa zwanzig Leute von einem Bein auf das andere traten. Mittlerweile.

Bis wir plötzlich alle fröhlich wurden.

Es erschien ein Mann in der Tür. Ein Mann in Kittel und Kittelhose, und so wie er in die sich öffnende, von innen beleuchtete Tür trat («Tempel des Tantra»), wie er fröhlich und gastlich die Hände vor der Brust zusammenlegte, daran wäre ja eigentlich nichts auszusetzen gewesen. Nur, daß ich ihn hier nicht erwartet hatte. Ich habe Juliane später deswegen zur Rede gestellt. Wie das möglich sei, und warum um alle Welt sie mir das (ihn) verschwiegen habe!

«Du hättest ja fragen können.»

«Und du hättest einen Ton sagen können.»

Die Kutte trug er jetzt also nicht, statt dessen diesen Kittel, der ihm ein mehr rustikales Aussehen gab – nicht gerade aus Sackleinwand geschneidert, aber doch nicht weit davon entfernt. Auch war sein Gang nicht mehr so schleudernd, als er uns jetzt in einen lang sich hinstrekkenden Raum oder Saal gleich neben dem Eingang führte. Vielleicht nur auf größere Distanzen schleudernd. In dem Saal war alles Fensterglas von innen mit Farbe angepinselt worden, wohl aus Sichtgründen, es war aber eine rosarote Waschfarbe, und sie war streifig, so daß es aussah, als ob hier frisch geschlachtet worden wäre. Zudem begannen wir alle sofort zu schwitzen, weil der Raum völlig überheizt war. Fußboden rohes Holz, gehobelt, aber unbehandelt. Wände grobe Ziegelformation, teilweise verputzt und schwärzlich. Aber vielleicht sollte man hier schwitzen, im «Tempel des Tantra».

Also, der Mann hielt zunächst eine Rede, stand zuversichtlich mit zusammengelegten Händen im Raum, um uns einen allerersten Einblick in das «Hier» und «Jetzt» zu geben, welches wir uns erarbeiten wollten. Im «Dasein».

Offen gestanden, ich hatte nicht gedacht, daß er sprechen konnte, jetzt sprach er sogar mit lokalem Akzent, was war das, Freilassing? Das «Dasein» war bei ihm ein «Dosein», und wenn ich genau hinhörte, sogar ein «Dohseen» mit etwas Wiener Einschlag? Während wir alle auf dem unbehandelten Holzfußboden saßen und das Gehörte bedachten (bezahlt hatten wir ja noch nicht). Dabei unternahm ich es, Juliane, die sich sechs Plätze entfernt hingesetzt hatte, einen vorsichtigen Seitenblick zuzuschicken: Oh, sie war weit offen – mein Gott, wie konnte sie so offen sein –, ganz weit mit aufgerissenen Augen, das Jetzt und Hier schien seine Wirkung nicht zu verfehlen. Auch nicht die «Beziehungsarbeit am Sich und am Anderen», den «lebendigen Körper freizusetzen und wertzuschätzen» und «mit dem Herzen sehen zu lernen».

Die Stimmlage – sie paßte eigentlich nicht zu der mächtigen Matte, hinter der sie hervordrang, eine modulierte, wohlplazierte Stimmlage, fast ein Singsang, «Im Frau-Sein und im ... Mann-Sein die geschlechtliche Identität zu finden», während allenthalben Hohes stattfand, ein allseitig hohes Lächeln. Ich blickte um mich und wunderte mich. Diese Ansammlung von Leuten, die eine zweistündige unerfreuliche Anfahrt an einem grauen Tag auf ein Militärgelände hinter sich hatten, diesen Leuten ein hohes Lächeln zu entlocken – ich wollte gerecht sein –, das war erstklassige Arbeit. Anscheinend war ich der einzige, der kein Wort verstand.

O du mein schönes Heimatland,
wo man das Sauerkraut erfand.
Wir lieben dich und preisen laut,
Ehre, Freiheit, Sauerkraut.

In diesem Augenblick wurde mir bewußt, daß er mich seit geraumer Zeit anblickte, der Mann hatte mich unter seinen Schafen erkannt.

*

Den Rest des Tages verbrachten wir damit, uns freizuschütteln. – Oh, ich vergaß, zuvor hatten wir noch unseren Obulus zu entrichten. Den meinen zahlte ich so ziemlich als letzter, während Juliane vorne in der Reihe stand, ich hörte sie glucksen, anscheinend war sie schon ganz in der Gruppe aufgegangen. Der schöne Mann, der große, etwas gebeugte «Hans» stand direkt hinter ihr, aber wenn ich mich nicht irrte, gluckste sie nach vorne, wo die populäre «Friede» stand. Der bärtige «Rudi» stand zwei Plätze hinter ihr und gluckste auch irgendwie, in einem Baß, den man bis zum Ende der Reihe hören konnte.

Zum Kassieren hatten sie einen alten Schreibtisch im Gang gleich neben der Küche aufgestellt, und dort saß der Pradi neben einer Frau, die mir angst machte. An sich lächelte sie freundlich, hatte sogar zwei Sterne in den Augen, aber wie sie das Geld in den Kasten packte, in einen großen knallenden Eisenkasten, das war ... ja, das war eigentlich gnadenlos. Keine Schecks. Ich konnte mir gut vorstellen, daß die Steuer in jedem Fall zu kurz kommen würde. Ihr Name war Sindra, sein Name, der Name des Meisters wurde auch verkündet, laßt mich raten: Pradhi Rama. Wie er wirklich hieß, wird man wahrscheinlich nie in Erfahrung bringen (unter welchem Namen er seine Steuern zahlte). Als ich an die Reihe kam, gab er kein Zeichen des Erkennens. Blickte nur kurz auf. Aber wir sollten ja alle noch unsere Namen bekommen, unsere eigentlichen wirklichen, unsere Seelennamen.

Freischütteln.

Draußen unter freiem Himmel, wo sich inzwischen ein beschauliches Licht über den Hof mit den drei Hühnern, die dort herumliefen, gesenkt hatte. Wir stellen uns auf. Und dann Schütteln, Schütteln, Schütteln: Kundalini-Schütteln. Unterleib locker, locker. Arme locker, locker. Beine locker machen. Brust und Becken, vor allem das Becken, und nicht nachlassen!

Später gab es noch ein Abendbrot.

Es war ein ganz passables Körneressen, ungesalzen, mit gurkenähnlichen Gebilden, kein Fleisch, dazu erste

Gespräche, die an mir etwas vorbeigingen: Da habe also jemand in Soltau eine Intensivgruppe gemacht, die hast du gemacht? Die habe er sogar wiederholt. Und die Waldgruppe, wir haben eine Waldgruppe gemacht, letztes Jahr im Odenwald, abends waren wir so absolut fertig, daß wir hätten sonstwas futtern können. Jetzt nehme ich mir noch was. Ich habe mir dann auch noch was genommen, und es war, na ja, man kann sagen, es war ganz passabel, mit einem etwas eigenartigen Geschmack allerdings. Pferd? Ich hätte ja auch gern etwas zur Unterhaltung beigesteuert, aber irgendwie machte es sich nicht. Juliane saß mit ihrer neuen Freundin Friede auf der Treppenstufe.

Noch später zeigte man uns dann unsere Quartiere, die sich als «einfach» erwiesen. Im späten Schein der Kerzen. Mehrere Räume oder Kammern waren mit Matratzen ausgelegt, wo man zu dritt, viert oder noch mehreren schlafen konnte, Männer und Frauen getrennt. Das heißt, für Paare gab es auch Zweierkammern, ich habe sie nicht zu sehen bekommen, da wir ja nicht als Paar auftraten. Das heißt, kurz vor der Trennung – beim Essen hatten wir immerhin fast drei Worte gewechselt – besann sich Juliane, wurde anscheinend von einem Gefühl überwältigt, denn an der Ecke zum Frauentrakt, einer unverputzten Stelle, wo anscheinend kürzlich etwas angebaut worden war, lehnte sie sich plötzlich gegen mich: Worte sind überflüssig, das weißt du doch (wenn die Sinne bis zum Rand angefüllt sind). Genauer gesagt, ich wußte es eigentlich nicht, wo dieser Stimmungsumschwung so plötzlich herrührte. Vielleicht war es die Unwiederbringlichkeit der Trennung, der Trennungsschmerz, da wir uns nun in unsere separaten Trakte zu begeben hatten.

*

Ich bezog mein Quartier zusammen mit dem Naturmenschen Rudi und dem Ehemann Fetter, einem unruhigen Schläfer, wie sich herausstellen sollte. Zunächst irritierte aber der Naturmensch, der, nachdem er sein Hemd und ein eigenartiges Kittelleibchen aus Drillich abgelegt hatte, sich auf den Kopf stellte, und zwar so, daß er sich mit angewinkelten Beinen von der Wand abstützte. Es schien das seine Routine vor dem Schlafengehen zu sein, und ich gebe zu, es war beeindruckend.

Überhaupt herrschte eine generelle Einstimmung vor, nebenan wurde herzlich gelacht, es polterte etwas zu Boden, ein Hundegebell war hörbar (imitiert?), und als ich schließlich mit meiner Zahnbürste zum Waschraum ging, hatten sich dort in der Duschecke erst zwei, dann drei nackte Damen eingefunden, alle in Hochstimmung und Seifenschaum, und dann noch ein nackter Mann. Aber das waren sicherlich alles erfahrene Teilnehmer, die sich hier wiedertrafen und fröhlich miteinander waren, und ein bißchen Arroganz gegenüber uns Anfängern (mit Zahnbürste) war wohl auch im Spiel. Übrigens entdeckte ich unseren schönen Hans unter dem Seifenschaum, mit dem ihn die Damen unter viel Gelächter eingelassen hatten. Die Juliane entdeckte ich Gottseidank nicht.

«Ich kenne dich.»

Als ich, aus dem Waschraum kommend, um die unverputzte Ecke bog – diesmal von der anderen Seite her – lehnte dort der Pradi an der Wand, als ob er auf mich gewartet hätte.

«Ich kenne dich.»

«Natürlich kennst du mich, Pradi, ich bin der Alexander.»

Er schüttelte den Kopf.

«Nein, ich kenne dich!»

– – –

Und dann vollführte er eine Geste: Er legte die Hände mit aufwärtsgerichteten Handflächen quer über den Bauch. Wie einen Sperrgürtel. Blickte mich dabei aufmerksam an, als ob ich wissen müßte, was das bedeutete.

«Du bist ein Mhata, ein Mann des Oberen.»

Blickte mich immer noch aufmerksam an. In der Beleuchtung der einzelnen Glühbirne an der Mauerecke sah seine

Gesichtshaut grob gekörnt wie Sandstein aus. Dann senkte er die Hände und zog sie ein wenig auseinander, als ob er etwas abschneiden wollte.

«Bist du sicher, daß du bleiben willst?»

«Nie so sicher gewesen», sagte ich und wußte plötzlich, wo ich diese Geste schon einmal gesehen hatte, es war mir eingefallen: Eine Tanzfigur auf einem Sandsteinrelief in der Mauer von Khor, der Tänzer zieht die Handkanten quer über den Bauch wie eine Klinge. Es ist Wedisch, der «Gott der Entmannung».

Kein Zweifel, Pradi war gebildet.

*

Aber nun der Traum in dieser ersten Nacht, den ich zusammen mit Ehemann Klaus und dem Naturmenschen Rudi träumte. Wobei die klumpige Matratze, das leise Röcheln auf der einen Seite, das lautere auf der anderen eine Rolle spielten. Ich träumte von einer «langsamen» Landschaft, die sich durch meinen Traum wälzte. Von einem Weg, auf dem niemand kam. Niemand außer dem Weg selbst. Es war so, daß ich immer wieder aufwachte und die Bedeutung erkannte und darüber immer wieder einschlief.

Ich wußte, daß ich sie kannte. Aber welche?

*

In der Frühe ging es dann ernsthaft zur Sache. Es war wie erwartet ein kühler Morgen, noch etwas näßlich am Boden, als wir uns draußen aufstellten: Im Stehen hochschwingen und sich ins Becken fallen lassen, es begann, einen Sinn zu ergeben. Außerdem kündigte sich ganz im Süden mit einem schmalen hellblauen Streifen besseres Wetter an. So daß wir zuversichtlich waren. Hochschwingen und fallen lassen. Hoch und – – voll ins Becken, Brahhh.

Es nannte sich «Dynamische Meditation», die wir hier betrieben, eine Entspannungsübung, nicht mit dem Kundalinischütteln zu verwechseln. Vorher hatte ich noch

Gelegenheit, mit Juliane zu sprechen, die sich an diesem Morgen gelöst und glücklich gebärdete. Sie umhalste mich, nannte mich ihren Alex, offenbar hatte sie sich die ganze Nacht über mit ihren Schlafgenossinnen unterhalten, Kinderbilder seien gezeigt worden, Berührungen. Ja, Berührungen habe es auch gegeben, Liebkosen von Schultern und Bauch. Schenkel? Schenkel auch. Für meinen Geschmack eine etwas suspekte Angelegenheit, doch schien es sie glücklich zu machen. Jedenfalls gebärdete sie sich so.

Und jetzt: Sich ganz hochhängen, hoch, hoch mit gestreckten Armen, bis sich dann doch ein leiser Unwillen einschleicht, aber das ist eben die Disziplin, die noch sehr viel bringen wird. Den Unwillen zu überwinden. Um uns dann so hochaufgehängt und wirklich hochauf – massiv ins Becken fallen zu lassen. Herrgott, diese Erschütterung!

Das sollte man erst einmal erfahren haben. Brahhh und Broaaahhhoh ... Das stößt die Seele frei! Das öffnet den Kanal! Insbesondere nach dem zehnten, dem zwanzigsten Mal, so daß sich ein tagelanger Muskelkater einstellen wird. Ich nehme an, daß diese Muskeln normalerweise nicht betätigt werden – wir sollten noch erfahren, zu welchem Zweck. Ich für meinen Teil bekam etwas Rheuma.

Zunächst gab es aber ein Frühstück, bestehend aus Tee und Butterbroten, und danach allgemeine Aussprache. Das heißt, man stellte sich vor, man stand auf und erklärte, wer man sei, wo und warum. Möglichst mit allen vorhandenen Gebrechen. Ich glaube, es war so gedacht, daß man sich erst einmal psychisch auszog, bevor es ins Körperliche ging. Zum Beispiel erklärte ein relativ kleiner Mann, den ich bisher noch nicht wahrgenommen hatte, daß er sich zum Sex nur unter Brechreiz zwingen konnte.

Aha.

Das sah also so aus: Da hatte sich dieser bedauernswerte Mann schon den ganzen Morgen lang vor dem gefürchtet, das kommen sollte. Trat nun beherzt vor, der Gerhard, und erklärte sich bereit, den Anfang zu machen – ich weiß nicht, was ihn dazu bewog. Berichtete, der wirklich nette und geschlagene Mann, daß ihn einerseits die ganze Sache abstoße (er nickte uns zu), so sehr abstoße, daß er nur mit Widerwillen, ja, mit körperlicher Übelkeit daran denken könne. Automatisch mit einem sich einstellenden Würgen. Daß er aber andererseits den Sex nur «leben» könne, wenn ihn ebendieser Übelkeitsreiz überkomme. Versteht ihr? Wir konnten das zwar nicht so ganz verstehen, saßen trotzdem teilnahmsvoll auf dem Fußboden. In dem überheizten Raum.

Oder die Dicke, die sich überwand – die Dünne übrigens auch –, die sich beide überwanden, über ihre Eßzwänge zu sprechen, was ich als mutig empfand. Sie hatten beide das genau gleiche Problem, wobei nicht ganz geklärt schien, wieso es einmal die sehr Füllige und einmal die sehr Magere betreffen sollte. Ich selber, als ich an die Reihe kam, gab eine Kurzfassung meiner Studien, was nicht so recht ankam, erwähnte meine augenblickliche Situation, nämlich mit der Partnerin nicht als Paar aufzutreten, was nun wieder recht gut ankam. Der Pradi blickte zwar mißtrauisch herüber, im allgemeinen stieß ich aber mit meiner kurzen Darstellung auf Verständnis und zustimmendes Kopfnicken, vielleicht *weil* sie so kurz war.

Womit andere offenbar Schwierigkeiten hatten. Der Rudi zum Beispiel wollte und wollte nicht zum Ende kommen, entrollte ein weites Panorama, Kindheit, frühes und spätes Berufsleben (Dekorateur), Gesellschaft, Stellung und alles proper und gelungen. Nur, daß er von dem Gedanken besessen schien, die Menschheit wiche vor ihm zurück – – aber Rudi! Ja, darauf wollte er denn doch bestehen – nicht, daß er sich sehr deutlich ausdrückte, er benötigte fast eine Viertelstunde, um vom Zurücknehmen (eine zurückgenommene Gesellschaft) auf das Zurückweichen zu kommen. Während wir zwar teilnahmsvoll, doch eigentlich etwas unruhig dasaßen. Auf dem Fußboden im überheizten Raum.

Oder, ich möchte mich vorsichtig ausdrücken: Ich war derjenige, der unruhig dasaß, für die anderen kann ich nicht sprechen, es kann durchaus sein, daß sie den Ausführungen mit großem Interesse lauschten. Obwohl wir – jetzt spreche ich wieder für alle – im Laufe der nächsten Tage alle ein wenig vor Rudi zurückwichen. Das zeigte sich zum Beispiel daran, wie er bei der Elle nicht ankam und bei der Ulli nicht, bei der Thea schon gar nicht – – – bis sich am Ende eben doch zeigte, daß er mit einem vielleicht unmerklichen Körpergeruch behaftet war? Von dem Gedanken besessen?

Ja, leider.

Weißt du, Rudi, das ist nun dein Problem. Du bist sicherlich ein wertvoller Mensch, ich meine, was die Beziehungsebenen angeht, Gruppenarbeit und alles. Aber wir lieben dich eben nur auf eine Entfernung von Armeslänge, da ist nun nichts zu machen, was deine Nähe angeht. Rudi.

Ja, sonst war der Vormittag mit mehr oder weniger gestaltlosen Bekenntnissen angefüllt, wobei manche sich leichttaten, manche nicht. Insgesamt hatte ich hinterher – als wir zu Mittag unser Körneressen aßen – den Eindruck eines Sammelsuriums, das gar nichts besagte, nichts über das ältere Mädchen, die Friede, nichts über den jungen Spund (was will der hier), nichts über den schönen Mann. Allenfalls über den Rudi – der roch etwas.

*

Am Nachmittag wurden wir dann handgreiflich, sozusagen. Es wurde eine Übung praktiziert, die sich «Fette Engel» nannte. Fette Engel sein! Sich anschubsen, Raum behaupten, sich gegenseitig wegdrängen und sich mal so richtig breitmachen. Dazu nahmen wir Aufstellung, diesmal nicht auf Armeslänge, sondern schön eng – man stelle sich eine gut gefüllte Straßenbahn vor –, und dann, Herrgott, gab es *Körperkontakt*, es gab endlich das, worauf wir gewartet hatten.

Das sieht also so aus: Ich stehe am Rand rechts und hätte notfalls ausweichen können. Neben mir ist die Friede tätig, die mich kräftig anstößt, aber nicht bösartig, mehr kommunikativ, mehr kokett mit dem Ellenbogen, und ich stoße mit dem Ellenbogen ein wenig zurück. Während sie mich dann mit ihrer Brust anstößt. Wir haben uns hier gewissermaßen auf Körperwärme angenähert, die mir in ihrem Fall nicht unangenehm erscheint, wenn auch mehr im Rahmen der Gruppenerfahrung. Immerhin bedeckt. Ich meine, immerhin noch in Hemd und Hose, so daß, wenn sie mich mit ihrer Brust anstößt, ich mit meiner eben ein wenig zurückstoße. So etwa.

Da gestaltete sich mein Verhältnis zum Vordermann – es war der Rudi – schon etwas drastischer. Der glaubte wohl, nicht genügend Platz zu haben, und rammte nach ein paar schwachen Versuchen, mich abzudrängen, seinen Naturarsch in mich hinein. Aber voll. Dem habe ich dann meinen Naturbauch voll in den Rücken gerammt. Immerhin waren wir ja fette Engel und brauchten Platz, und traurig die Versuche der Hespe, die ganz dünn hinter mir stand und mir als «fetter Engel» eine sehr dünne Schulter in die Seite schob, denn ich hatte mich inzwischen gedreht, hätte auch gerne die dicke Thea geschubst, aber die stand eigentlich nur ruhig da. Hatte wohl keinen Spaß an der Sache.

Und Juliane, also Juliane schien voll auf ihre Kosten zu kommen, die war weiter entfernt mit dem schönen Hans und dem ganz jungen Spund im Gange, schubste, drängte, stemmte und gluckste lauthals, sie gluckten alle lauthals. Wie habe ich sie gehaßt! Ganz besonders die Juliane, die ihre schöne Hüfte dem schönen Hans in die Seite schob, wie ich sehr wohl wahrnahm!

Bis mich der Rudi ins Kreuz stieß. Aber diesmal ernsthaft. Ich weiß nicht, womit er stieß, mit der Faust vielleicht, oder auch nur mit sich selbst, jedenfalls stockte mir der Atem, und ich wäre fast in die Knie gegangen, stieß rückwärts zurück. Mit angezogenen Ellenbogen. Und das hat er wohl krumm genommen, sollte er auch, mir war sowieso nicht zum Spaßen zumute. Aber als er mich dann tatsächlich mit der Faust vor die Brust stieß, ja, da habe ich ihm voll eine geschallert. Aggressionen finden oft unvermutete Kanäle. Habe ihm richtig eine verpaßt.

Obwohl, bei Licht besehen, es kaum mehr als eine ausfahrende Bewegung gewesen sein kann. Bamm!

*

Daraufhin Totenstille. Den Rest des Nachmittags nahmen wir dann frei – nach dieser Episode –, wir hatten Gelegenheit zum Ruhen, zu Zweier- und Dreiergesprächen. Mir selbst allerdings stand der Sinn nach einem Gang in der frischen Luft, leider konnte ich Juliane nicht finden, sie war plötzlich spurlos verschwunden, war weder auf der Toilette noch in einem der Schlafräume. Im Bad auch nicht. Also zog ich alleine los.

Herbstliche Elegie. Kartoffelfeuer, glaube ich, gibt es gar nicht mehr, trotzdem roch die Luft danach, auch nach etwas Grünlichschwarzem. Und nach nassem Stroh. Als ich so dahinging.

«Willst du darüber reden?»

Da hat er mich aber doch erschreckt, denn wie ich soeben ein Gebüsch umrunde, tritt plötzlich der Pradhi Rama hervor. Anscheinend hatte er sich auf einem anderen Weg hierher begeben, der Mann kannte sich schließlich hier aus – und das hätte ich mir merken sollen.

«Eigentlich nicht», sagte ich.

Er betrachtete mich sehr sorgsam. Der Mann war ja nicht dumm, sonst hätte er keinen Betrieb dieser Art aufziehen können, aber offenbar war ihm jemand wie ich noch nicht untergekommen.

«So ist das mit der Gruppendynamik», sagte ich, «sie ist dynamisch. Irgendwann gibt es einen Toten, und den hat es nun gegeben.»

«Ich mache dir einen Vorschlag.»

– – –

«Ich zahle dir dein Geld zurück, die Hälfte.»

Warum nur die Hälfte?

«Das Seminar läuft seit drei Tagen, also sagen wir die Hälfte.»

Das war einleuchtend.

Und es wäre sogar ein guter Grund für mich gewesen, ein Grund mehr jedenfalls, denn so ein «dicker» Engel war ich nie. Bis auf den Unterton, den ich heraushörte, die Drohung, die leise (herbstliche) Elegie.

«Weißt du, Pradi», sagte ich, «wenn ich es mir recht überlege, möchte ich doch den Rest nicht missen. Um keinen Preis.»

– – –

«Auch nicht um die Hälfte.»

16

An diesem Morgen zogen wir uns aus.

Ich hatte gut geschlafen, nachdem der Rudi auf eigenen Wunsch umquartiert worden war. An seiner Stelle lag da ein ruhiger kleiner Mann auf der Matratze, den ich bis dahin noch nicht bemerkt hatte. Doch – hatte ich doch – es war der Gerhard, dem immer übel wurde. Jedenfalls erwies er sich als angenehmer Zimmergenosse, machte sich ganz klein, schnarchte nicht, und ich hatte gut geschlafen.

An diesem Morgen also entledigten wir uns der Kleidung, und zwar nach Geschlechtern getrennt: Die Männergruppe versammelte sich unter Obhut von Pradhi Rama im Hauptraum neben dem Eingang, während den Damen ein hinterer, verborgener Raum vorbehalten war, wahrscheinlich überwacht von der Dame Sindra. Diesen Raum übrigens sollten wir alle noch kennenlernen, es war der zum späteren Zeitpunkt umfunktionierte «Liebestempel». Er hieß dann auch so.

Wir jedenfalls, wir Männer, waren ganz unter uns, zogen uns auf Geheiß in zwei Gruppen mit zur Wand gerichtetem Gesicht aus, drehten uns dann um, und da standen wir. Vielleicht konnte ich den Reiz der Veranstaltung nicht ganz nachvollziehen, aber es war schon bedrohlich, wie wir dastanden. Wir waren zehn, und die meisten waren kalkweiß, wo hatten sie ihre Farbe gelassen? Einer ging sogar etwas ins Grünliche, war knochig wie ein Lattenzaun, ein häßlicher Vogel. Aber das hätte man alles hinnehmen können, wären da nicht die Genitalien gewesen, was hatten sie sich bloß dabei gedacht. Einer trug einen so fürchterlichen Buschen, wie ein Bartträger, und einer hatte sich zwar rasiert, doch offenbar unglücklich. Oh, und ein anderer glücklich, und das sah noch schlimmer aus.

In dieser Beziehung war ich ja nun als alter Freikämpfer, Freiluftkämpfer im Vorteil. Unser Pradi übrigens hatte sich fairerweise auch freigemacht und sah damit recht gut aus, formal jedenfalls. Bis auf die deutlich dunkle Tönung, fast ein Schwarz in dieser Beleuchtung.

Also, nachdem wir uns lange genug voreinander gefürchtet hatten, sollten wir uns im Kreis hinsetzen, im Schneidersitz, oder doch so, wie es uns möglich war, während der Pradi einen echten Lotos vorführte. Also, der war ... ich kann es nicht anders sagen, der war, mit dem links eingeflochtenen Fuß, einfach bewundernswert. Fußsohle in der Aufsicht.

So auch die Stimmlage. Ich versuchte bereits, sie zu beschreiben, jetzt war sie aber noch modulierter, sanft, fast flüsternd, jedenfalls vollen Verstehens.

«Wir werden», sagte er, «in den nächsten Tagen sehr behutsam mit uns umgehen, wir werden auf uns achten, den anderen achten und uns gegenseitig Respekt erweisen», er blickte an sich herunter, «ich möchte, daß wir jetzt unseren Yati ansehen.»

Jeder für sich.

Oh, ich vergaß: In der Folge wird hier nicht von Ruten, Schwänzen, Pinten, Pimmeln die Rede sein, sondern von dem männlichen Yati. So wie wir statt Brötchen künftighin Yoni sagen. Yati und Yoni. Deshalb, wenn es jetzt heißt, den Yati betrachten, dann weiß man, wohin man blickt – nicht ohne Mißtrauen versteht sich, da er ja nur unter gewissen Umständen zur Form erwacht, wie wir sahen. Und, soweit ersichtlich, war bisher keiner der Anwesenden so recht wach geworden. Bis auf – –, halt, das war nun wieder interessant – –, bis auf den jungen Spund, den Bernhard, von dem nicht ganz klar wurde, was er überhaupt hier wollte, also, der schien jetzt präsent zu sein – das heißt, er war es, der präsent war.

Immerhin interessant.

Saß da der junge Bernhard und bekam einen Ständer, heh, und wir alten Säcke, die wir doch unsere Verpflichtung hätten, saßen mit gar nichts da. Im Schneidersitz. Na ja, zur

Vielfalt reichte es gerade noch, wenn man die Ansammlung Dicker, Dünner, Krummer und Schiefer betrachtete. Ich übrigens hatte inzwischen meine Sitz- und Kauerstellung gefunden, und zwar japanisch mit den Knien beeinander auf den Fersen hockend. Wollte ich nur erwähnen.

«Betrachten wir den Schorsch», sagte Pradi behutsam, «um einen Anfang zu machen.» Er hätte vielleicht sagen sollen, betrachten wir den unglücklichen Schorsch, der auf seinen Hinterbacken hin- und herrutschte, denn diese plötzliche Aufmerksamkeit schien ihm nicht so recht zu behagen. Er besaß ein relativ kleines Glied, das aber auf zwei unmäßig großen roten Hodenbällen aufsaß wie die Tülle einer altväterlichen Kaffeekanne. Nein, dieser Vergleich erschien mir nicht treffend genug, es war ein Posaunenengel, der mich da ansah. Indem nämlich die Hodenbälle wie zwei dicke rotglänzende Pausbacken strahlten, der Nipfel obenauf wie eine Nase. Und ich dankte Gott, daß mich keine Erheiterung überkam, denn die wäre hier nicht angebracht gewesen.

«Der Schorsch macht sich sicherlich sein eigenes Bild», sagte der Pradi mit einer Zartheit, die ich ihm gar nicht zugetraut hätte, «was meinst du Schorsch, wie empfindest du dich?»

Ich wußte wirklich nicht, was mich überkam. Eine Zwangsvorstellung, eine Zwangshandlung, wie etwa auf sehr traurigen Beerdigungen? Jedenfalls hob plötzlich, aus welchen Tiefen auch immer, ein Reim aus der Schulzeit sein Haupt … es kamen Männer …

… Männer aus dem fernen Bayern
mit Hakenkreuzen auf den Eiern …

Zu meiner Ehrenrettung darf ich sagen, daß ich nicht lachte, überhaupt nicht. Es war nur so, daß ich dieses sich aufdrängende Bild nicht unterdrücken konnte, es war nicht meine Schuld. Daß ich hier losprustete. Habe ich auch gar nicht. Vielleicht einen winzigen Ton, den ich von mir gegeben hatte, den vielleicht, und dann war es eben geschehen.

– – –

Kannst du uns sagen, was dich erheitert.

Nein, er bedachte mich nur mit einem Blick. Saß mir gegenüber im Kreis, und es war die Milde, die Ferne, mit der er mich bedachte, wie jemanden, der bereits friedlich verstorben war. Wußte der Mann etwas, was ich nicht wußte? – – –

Dann nickte er.

«Betrachten wir den Schorsch und versuchen wir, ihn einzuordnen.» Eine schwierige, aber entscheidende Aufgabe. Jetzt hatte er dem Schorsch auch noch einen Handspiegel gereicht, damit dieser sich durch eigene Anschauung von der Richtigkeit überzeugen konnte.

«Ich würde sagen, es ist der Stiertyp, was würdest du sagen, Schorsch.»

Schorsch betrachtete sein Geschäft jetzt mit etwas mehr Zutrauen und kam wohl selbst zu dem Schluß, daß diese Stierhoden, von unten im Spiegel betrachtet, dem «Stiertyp» entsprachen? Es wurden dann noch weitere Handspiegel ausgeteilt, und wir waren alle in der Lage, unsere Situation mehr oder weniger richtig einzuschätzen, uns mit der entsprechenden Bezeichnung zu versehen: Wir waren Hirsch, Bär, Büffel, waren aber auch der Lanzentyp, der Läufer, der Indianer, der Bootstyp (und nicht Putten und Posaunen).

Obzwar die Spiegel am Ende doch nicht ganz ausreichten. Mir zum Beispiel hatten sie keinen gegeben, konnte mir aber vom rechten wie vom linken Nachbarn jeweils einen ausleihen, um an der Selbstbetrachtung, mit welchem Ergebnis auch immer, teilzunehmen. Dazu Gespräche im Kreis, man spricht von sich, was man sich wünscht, was man erwartet, was man sich vorstellt.

«Wie empfinde ich meinen Körper(teil), was mag ich an ihm, was mag ich nicht, und wie möchte ich mit ihm (dem Teil) akzeptiert werden.»

«Wie möchtest du denn, daß du akzeptiert wirst», fragte Pradi behutsam.

«Ich möchte, daß ...»

«Ja?»

«Ich möchte ...»

«Ja?»

Allerdings war unschwer festzustellen, daß wir Büffelmenschen, Bärenmänner und Hirschtypen uns immer noch im Defizit befanden. Weshalb wir jetzt doch etwas von dem Öl nehmen sollten. Nicht wahr. Wir haben bemerkt, daß sich vor jedem Teilnehmer ein Töpfchen mit dem Öl befindet, und nun wollen wir doch ganz leise erst, ganz zart – – dann vielleicht etwas stärker – –

«Wir wollen uns jetzt den Yati massieren», sagte Pradi ernst. Jeder für sich (und Gott für uns alle).

*

Also gut, es kamen dann noch Farbunterschiede zur Geltung, so daß es zusätzlich den «Athener», den «Römer» gab, auch noch den «Norweger» und den «Schweden». Und wenn man mich fragte, unser Pradi war eindeutig «Oberlauf des Nils» mit seiner braunen Verfärbung. Ich nehme an, daß in der Frauengruppe an diesem Vormittag ähnliche Übungen stattgefunden hatten, denn zum Mittagessen waren alle gleichermaßen aufgeweicht, Jungs und Mädels, aufgeweicht und sehr fröhlich. Juliane war anscheinend inzwischen lesbisch geworden, sie schäkerte beim Essen mit mindestens drei Frauen, einen Arm um den Hals, eine Hand auf dem Knie. Höchstens, daß sie mir einen triumphierenden Blick zusandte, während ich einen einsamen Löffel in den Mund schob. Es gab Reis, Patah genannt, Reis auf Hühnersuppe.

Aber am Nachmittag sollten wir etwas wirklich Brauchbares lernen. Wir lernten «Pumpen».

*

Ich möchte in diesem Fall einmal auf technische Einzelheiten eingehen, vielleicht daß dabei im nachherein die verborgenen Talente des Pradhi Rama erklärt werden, die seinerzeit – man erinnert sich – soviel Mühe bereitet hatten.

Es handelt sich um das Auffinden einer rudimentären Greiffunktion eines kleinen schmetterlingsförmigen Muskels in der Dammgegend, der normalerweise gar nicht vorhanden ist. Und es stellt diese Übung eine Vorstufe zu anderen höheren Übungen dar, ist insofern unverzichtbar. Unbedingt zu erlernen. Zu diesem Zweck also versammelten wir Männer – nur wir Männer – uns wiederum in dem großen Hauptraum.

Stießen uns erst einmal frei, nach dem Essen – ich hätte ja einen Verdauungsschlaf vorgezogen –, ließen uns eine Viertelstunde lang ins Becken fallen, ich will mich jetzt nicht wiederholen. Legten uns dann angezogen, wie wir waren, auf den Boden.

Und nun der Muskel, der PC, der Pubococcygeal-Muskel. Also, den zieht man zusammen, indem man sich auf die Gegend des Darmausgangs konzentriert (mit nach innen gerichtetem Blick), um dort etwas zusammenzuziehen, was eigentlich nicht vorhanden ist.

Dazu mußte es aber erst einmal gefunden werden.

Es liegt also knapp hinter dem Hodenansatz, und es ist mehr ein Gefühl als eine bestimmte anatomische Stelle, am Damm, im Schritt, «fühlt ihr es?» Wir fühlten es – ich darf für mich sagen, daß ich mir größte Mühe gegeben habe. Und jetzt, nachdem wir es gefunden haben, ziehen wir es alle einmal an! Was?

Ziehen an – und lassen locker.

«Nicht den Schließmuskel!»

Wir hatten natürlich alle den Schließmuskel angezogen. Der Pradi konnte das nicht wissen, ich wußte es trotzdem.

«Und auch nicht den Hodenheber!»

Jetzt hatten wir alle unsere Hodenheber angezogen.

«Sondern den dazwischen!»

Den kleinen Schmetterlingsförmigen.

Es lief schließlich darauf hinaus, daß wir noch sehr viel Übung benötigen würden. «Wir haben viel erreicht», anziehen und locker lassen, aber damit sollten wir uns für den heutigen Tag zufriedengeben. Nicht alle Geheimnisse seien an einem Tag gelöst worden, sagte der Pradi, von jetzt ab hieße es, üben und üben und nochmals üben.

An diesem Abend sah man die Männer mit eigenartig verdrehtem Blick herumgehen, auch sitzen, stehen, sogar essen.

Und die Frauen? Die eigentlich auch. Offenbar befanden auch sie sich auf der Suche danach, wo immer es sich befinden mochte (nicht gerade hinter dem Hodenheber). Jedenfalls blickten sie eigenartig blicklos und waren ungewöhnlich schweigsam.

In der Nacht aber verschluckte ich meine Zunge, es war nicht meine richtige Zunge, nur die im Traum, und meine beiden Zimmergenossen fand ich in Panik aufrecht auf ihren Matratzen sitzend vor. So sehr hatte ich sie erschreckt.

Wir saßen dann zu dritt und pumpten, frühmorgens um fünf, zogen an und ließen locker, zogen an und ließen locker, wir pumpten bis kurz vor dem Aufstehen, bis uns die Kräfte verließen.

*

Der nächste Tag begann mit Regen, der Hof war quatschnaß, die Hühner hatten sich verzogen, und unser morgendliches Sichaufhängen «in alle vier Himmelsrichtungen» fiel buchstäblich ins Wasser. So standen wir gedrängt in der offenen Tür und blickten ins Graue.

Dennoch sollte dieser Tag noch strahlend hell werden, wie der Pradi verkündete, wir würden «unsere innere Flöte öffnen». Dazu bedurfte es aber Vorbereitungen: Wir sollten in leichter Kleidung erscheinen, in Laiis und Lungiis oder, wenn nicht vorhanden, in Hemden oder ähnlichem. Ich kam im Pyjama, der ungebleicht, knopf- und kragenlos zur Not als indisch durchgehen mochte. Juliane in einem leichten flatternden Laken, das sie sich seitlich verknotet hatte. Auch die Thea flatterte, und die magere Hespe hatte sich eine fast durchsichtige Batik übergeworfen. Dazu war der Hauptraum (Tempel des Tantra) entsprechend stark eingeheizt. Für unsere leichte Aufmachung.

Rudi übrigens trat mit nur einem Handtuch um die Lenden auf, und der junge Spund hatte offenbar schon wieder einen Ständer in der Unterhose. Wohl in Erwartung des Kommenden. Und um hier noch den richtigen Begriff einzuführen: Der Yati, der aufsteht und das Haupt hebt, heißt jetzt Lingam («Lingam» ist sein Name), daran sollte nichts Anstößiges sein.

Aber nun die große Überraschung: Wir lernten atmen! Ich hatte gar nicht gewußt, daß ich es nicht konnte. Man denkt, da zieht man sich etwas Luft rein, und das ist es. Das ist es aber nicht! Es ist der Atman, der einströmt, und der Atman, der ausströmt, es ist der Geist! Und diesen empfangen wir von unserem Pradi, der sich diesmal einen schwarzen Sarong umgebunden hatte, mit brauner Borte.

Wir in leichter Bekleidung in gemischter Anordnung liegend, Juliane sehr weit entfernt zwischen zwei ihrer neuen Freundinnen, der Pradi stehend:

«Ein – – – » Pause « – – und ausatmen.»

Aber nicht so ein bißchen, sondern ganz hochziehen bis hoch zum Scheitel – und tief auslassen, bis zum letzten Rest, so wird es gemacht.

«Aaus», rief der Pradi, « – – und aaus – – »

Und wir lagen da und ließen den Atman aainströmen und aausströmen, den Geist, den Spirit, von dem wir gedacht hatten, daß er Luft wäre.

« – – und raaaus – – », ganz raus bis zum Anschlag!

Bis runter zum Schritt, bis zur Sexualgegend, damit alles rauskommt (wobei mir automatisch das Leiden der Königin Viktoria einfiel).

«Stellt euch einen Fahrstuhl vor», erklärte der Pradi, «der aufwärts fährt bis unter das Dach und dann abwärts bis in den Keller, auf und ab.» Und wir lagen da und ließen den Fahrstuhl aufwärts fahren und abwärts fahren. Ein ganz gutes Bild. Es kam darauf an, unten zuzumachen, wenn man aufwärts fuhr, und aufzumachen, wenn es hinabging. Oder umgekehrt.

«Hochfahren – – und zumachen», rief der Pradi, «runter – – und aufmachen!» Und was? Den kleinen schmetterlingsförmigen Muskel, den wir ja auf- und zuzumachen genügend gelernt haben sollten. Während ich allerdings den Verdacht hegte, daß mein Fahrstuhl abwärts fuhr, wenn er bei anderen Leuten aufwärts fuhr, und wann sollte ich jetzt zumachen, es war nicht ganz klar. Dazu darf ich aber vielleicht eine Erklärung abgeben: Wenn hier irgendwelche Luft gepumpt wird, ist das natürlich spirituell zu verstehen. Es ist eine nur imaginäre Luft, die hier bis zum Scheitel fährt, und es ist eine nur imaginär vorhandene Öffnung, eine kontemplative Öffnung, durch die sie unten wieder ausfährt: eine Sexualöffnung. Während mir wieder das bedauernswerte Geschick der Königin anläßlich eines offiziellen Banketts einfiel.

Die drei Fürze der Königin Viktoria.

Beim ersten erhebt sich der französische Botschafter und entschuldigt sich in aller Form.

Beim zweiten ist es der italienische Botschafter, der sich untröstlich zeigt.

Aber beim dritten erhebt sich der Deutsche ...

... und schmettert: Diesen und die nächsten drei übernimmt die deutsche Botschaft! An sich ein guter Witz, und mir ist auch klar, aus welchem Grund er mir an dieser Stelle eingefallen ist, trotzdem habe ich nicht darüber lachen können. Überhaupt nicht. Es war etwas ganz anderes, es war der tiefe Ernst.

«Das Ausströmen», erklärte der Pradi, «ist eine Befreiung. Wir lassen es raus! Wir leeren den Körper! Und wir sollten es deutlich machen. Laut: Haaahhh!»

«Haah ...» machten wir.

«Und Choooohhh ...»

«Choooohhh ...»

«Laßt es vibrieren, laßt es laut flattern, Guguguhhh ...»

«Guggugguguhhh ...»

Jawohl, es hatte sich ein regelrechter Wettbewerb entwickelt, der weit über die anfänglichen Haahs und Hoohs hinausging. Auch Stimme war angesagt: Aaaaoooiii, auf diesem Feld war zum Beispiel der Rudi nicht zu schlagen. Der röhrte und dröhnte wie eine Dampfsirene und gab sein Bestes, der Mann.

«Laßt es raus! Laßt es hören!»

– – –

Nein, es war der tiefe Ernst des Rudi, der mich überwältigte, seine offensichtliche Hingabe, mit der er solche Töne erzeugte. Den Mund zum runden O geformt, den Blick hinab auf den Austritt gerichtet. Einerseits in voller Lautstärke, andererseits tief verinnerlicht, vollkommen vergeistigt. Jemand lachte laut schallend.

Mein Leben lang werde ich mir das nicht verzeihen können. Es gibt Dinge, die einfach nicht mehr gutzumachen sind. Nicht, daß man mich schallend lachend hinausgetragen hätte, es war nur ein kurzer Anfall und in dem allgemeinen Gebrüll eigentlich gar nicht recht zu hören. Aber danach herrschte Totenstille. Jemand hatte gelacht!

– – –

Damit ich es nicht vergesse: Die Zunge zur Röhre gerollt, erzeugt beim Einatmen angenehme Kühlung, diese Finesse wenigstens habe ich gelernt!

*

Mit mir sprach man nicht mehr. Beim Essen nicht und danach auch nicht, man sah mich nicht einmal an. Allein mein kleiner Zimmernachbar, dem bei anderen Gelegenheiten immer übel wurde, hatte helle Augen.

Als es nach dem Essen aufhörte zu regnen, vertrat ich mir noch ein wenig die Beine. Die feuchte Feldlandschaft mit ihren hängenden schon kahlen Büschen und den grauschwärzlichen Untertönen kam meiner Verfassung durchaus entgegen. Ich hatte sowieso vor, diesem unseligen Unternehmen am nächsten Morgen ein Ende zu setzen. Zurückzukehren in meine Welt, «des Alexanders überdrüssig, wandte sich der Gast nach Athen». Ich machte mir nichts vor, meine Zeit war vorbei, der Sommer beendet.

Diesmal sah ich ihn schon von weitem. Er kam mir auf direktem Weg entgegen, entschlossenen Ganges, wenn auch ziemlich schleudernd, wie ich feststellte. Bisher war das hier kaum in Erscheinung getreten. Doch psychisch? Trug auch wieder seine Kutte, wahrscheinlich mit entsprechend warmem Unterzeug, unten schauten ein paar dickgestrickte Socken heraus.

Er blieb vor mir stehen.

«Du kannst dein Geld zurückhaben.»

«Alles?»

Er blickte mich fest an. Dann legte er die Hände als Sperrgürtel vor den Bauch und blickte noch fester.

«Du störst. Du hast immer gestört, du störst den Fluß (welchen Fluß?), den Energiefluß. Du bist ein Mhata!»

– – –

Oh, ich weiß, was ein Mhata ist, «gebt mir Flügelkraft, damit ich mich vom Boden erhebe» (Apanaprati Puri). Es ist ein Kopf ohne Unterleib. Er kann fliegen, indem ihm Flügel aus der Stirn wachsen, aber er hat keine Beine, um auf dem Boden zu stehen, er kann hinauf, aber er kann nicht hinab.

«Wenn du dich nur nicht irrst, Pradi», sagte ich.

«Warum gehst du nicht zurück zu deinen aramäischen oder chaldäischen Studien, du hast bei uns nichts zu suchen.»

Dabei senkte er die Hände, und ich konnte sehen, daß er sein Genital unter der Kutte festhielt. Es war aber der Erdgeruch, die Ausdünstung dieser schwarzen Landschaft, die mich überzeugte. Der Blutgeruch: Die Schlange frißt den Vogel.

«Ich habe dich gewarnt», sagte er, «aber du hörst mir nicht zu.»

In diesem Fall stand mein Entschluß fest. – Ich blickte ihm nach, wie er sich in seiner Kutte über den braunen Feldweg dahinschleuderte, und ich sah, was mir bisher noch nicht aufgegangen war, wie lang dieser Mann war.

«Willst du mir drohen, Pradi!» rief ich ihm nach.

17

Diesmal zogen wir uns alle miteinander aus. Es war gut eingeheizt worden, und es überkam mich eine Erinnerung: Die Turnhalle in Rottach, der Dunst der Knaben, die am Reck gehangen haben. Schweiß und Turnschuhe und ein besonderes Element: ein wenig säuerliche Angst. Unser erstes Ritual also, hier die Kerle, dort die Weiber, getrennt an den gegenüberliegenden Schmalseiten des Tempels (des Tantra), und alle mit dem Gesicht zur Wand.

Es gab sogar einige Unruhe auf der Weiberseite, als es hieß: Jetzt ziehen wir uns aus. Nicht ganz verständlich, denn deshalb waren wir ja hergekommen. Diese kleinen Zicken da drüben stießen doch tatsächlich ein paar «ach» und «ganz?» aus, ich darf sagen, wir Männer blieben bei dieser Gelegenheit weit gelassener. Standen da frei und luftig um die Beine vor der Wand, blickten auf das Korn des Mauerputzes, ich für meinen Teil mit einiger Erwartung, ich war ja gewarnt.

Das Ritual schrieb vor, voranzugehen ohne zu wissen, wohin – und vor allem, zu wem –, nichts zu sagen, nichts zu fragen, nicht den Blick vom Boden zu erheben, und das Ganze hieß: Die Begegnung. Wir drehten uns um.

Einen Schritt.

– – –

Noch einen Schritt.

– – –

Langsam. Die Augen am Boden. Noch einen Schritt.

Es war, wie man erkennt, ein restriktives Ritual und ein sehr langsames dazu. Es sollte wohl Symbolcharakter haben: Die Menschenkinder, die sich ihrer Bestimmung näherten.

Mit gesenktem Blick zentimeterweise zur Saalmitte.

Eine kurze Unterbrechung: «Juliane.»

Aber nicht aufschauen.

«Juliane, würdest du bitte mit deiner Nachbarin den Platz wechseln. Nein, mit der anderen.»

Woraufhin ein gewisser Wechsel stattfand. Ich hatte in diesem Fall ein ganz gutes Gespür, so als ob ich mich hier einer spirituellen Juliane nähern sollte, ich spürte sie deutlich, mir gegenüber, spürte ihre Nähe. Ich meine, bei allen Vorbehalten durfte ich doch eine Ahnung dessen haben, was hier möglicherweise auf mich zukommen würde. Wie immer man das nennen will, eine Sensibilisierung, bei aller Restriktion eine langsame Annäherung? Bis mir, ja, die Füße ins Blickfeld gerieten. Ja, da waren es ein paar kleine weiße mit dünnen blauen Äderchen auf dem Rist. Juliane hatte größere braune mit einer Schrägstellung der großen Zehe, und die stimmte auch nicht.

Um es ganz klar herauszuarbeiten, das war Absicht, der Wechsel war nicht zu meinem Besten erfolgt. Denn als ich (ungeheuer langsam) aufschauen durfte, da waren da ein paar zarte weiße Wadenansätze zu sehen, eindeutig einer fremden Dame gehörig.

Einer nicht allzu großen.

Höher hinauf hatte ich es mit zwei relativ zarten Kniescheiben zu tun, dann mit zwei Oberschenkeln, Innenseiten und Außenseiten, denn da war ein Unterschied: Außen war die Haut ein wenig rauher, während sie innen glatt war wie eine Milchoberfläche. Darüber – der Blick darf sich heben – erschien ein schwarzes Dreieck. Ich dachte, was ist das, ein richtig scharf gezeichnetes Dreieck, so wie man es früher hatte. Unrasiert, sogar etwas ins Bläuliche gehend, bestehend aus feinem Kraushaar, feinen Korkenziehern, metallisch glänzend.

Da hatte ich meine Partnerin.

Das übrige war dann leicht zu erfassen: Die Traudl, Frau Fetter, mein Gott, war sie nackt! Sie war viel nackter, als es eigentlich möglich sein sollte, sehr beklommen, fühlte sich sichtlich unbehaglich in ihrer Haut. Sie besaß keine

Hüften, aber eigentlich auch keine Taille, nur zwei Dellen über den Beckenkämmen, die ihrerseits spitz herausstanden. Höher hinauf gab es dann zwei hochangesetzte flache Brüstchen, noch mehr weiße Milchhaut, und noch höher zwei Schlüsselbeine und einen Hals, letzterer gegenüber der Milchweiße fast ein wenig bräunlich. Aber auch weiß.

In Augenhöhe mit Frau Fetter.

«Machen Sie sich keine Sorgen», sagte ich.

Es war so, daß mich eigentlich Erbarmen packte, angesichts der Lieblichkeit, der ich hier notgedrungen begegnete. So wie man einen völlig verängstigten grünen Rasen betritt. Und es war auch so, daß ich sofort die ganze Ehetragödie begriff, die schweigsamen Kaffeestunden in der Küche, die verunglückten Nächte, der stille Abscheu am Morgen. Sicherlich ein Werk des Ehemannes Fetter, der soeben den Blick zu der kommunikativen Friede erhob – von sich aus wäre die arme Ehefrau nie und nimmer auf die Idee gekommen. Ich meine, auf diese Tragödie hier.

«Haben Sie keine Angst», sagte ich, «wir werden das unbeschadet hinter uns bringen», empfing dafür einen mehr oder weniger verständnislosen Blick.

Die Begegnung.

Pradi – wie sich jetzt herausstellte – hatte inzwischen auch seine Kleidung abgelegt. Desgleichen die assistierende Sindra, die eine deutliche Vorstellung vermittelte, zu welchem Ergebnis ein solcher fortgesetzter Mißbrauch führt: zu totaler Magerkeit. Sie war auf geradezu obszöne Weise dünn, ihre Beine, eigentlich nur zwei lange Röhrenknochen, waren weit voneinander in das Becken eingesetzt, dazwischen trug sie hinten ein kaum vorhandenes Gesäß und vorne zwei dünne Schamlippen, wie sie assistierend zwischen den Paaren herumging. Aber möglicherweise werden die Mageren magerer und die Dicken dicker, dachte ich.

Danach haben die Paare ein «Haus» eingerichtet. Tücher wurden ausgebreitet. Man nahm Platz, wechselseitig einer liegend, der andere am Kopfende sitzend, sich wechselseitig mitteilend: Wie und welche Kindheitsschuld, wo und wann bestraft, wie Sexualität erfahren, von Eltern, Freunden, Onkeln, auch Demütigungen, wie und wo. Insgesamt eine rituelle Atmosphäre, während der Pradi oder auch die Sindra von Haus zu Haus gingen und wir beklommen auf unseren Tüchern saßen, das heißt, ich weniger, eher die Traudl, offensichtlich.

Oh, einen Unsinn habe ich noch zu berichten. Als wir noch in Zeitlupe auf eine vermeintliche Juliane zugeschritten waren – die sich dann zufällig als die arme Traudl entpuppte –, hatte ich als besondere Zugabe neben mir den schönen Hans zu ertragen. Der stöhnte und stöhnte sich auf der gesamten Strecke einen zurecht, ebenfalls in Zeitlupe. Offenbar tat sich der Junge schwer mit seinen Problemen. Und als er schließlich vor seiner Partnerin stand, tat er sich nur noch schwerer.

«Ich kann das nicht.»

Gebärdete sich wie ein Idiot.

«Ich bin gar nicht hier.»

Man stelle sich vor, da gerät jemand unverdientermaßen und durch eine ganz miese Vertauschung an *meine* Juliane, und dieser Idiot hat nichts Besseres zu sagen:

«Dies ist nur meine Hülle», habt Erbarmen, «ich bin gar nicht anwesend ...»

Doch das bist du, wollte ich ausrufen, und zwar in Einhausen, auf der verdammten Schönheitsfarm, Ende September. Ich meine, ich hätte es ja nachvollziehen können, aber die verdammte Juliane mit ihrer Gruppenerfahrung nahm sich dieses Problems in sehr liebevoller und sehr hassenswerter Weise an – inzwischen hatten wir freie Sicht, und ich konnte es genau beobachten.

Dieses, glaube ich, war der Augenblick, an dem ich zum ersten Mal daran dachte, sie umzubringen.

*

In der Nacht träumte ich die Ermordung des Fritz Otto Kortners, eines früheren Kollegen, an den ich dreißig Jahre lang nicht gedacht hatte, und zwar geschah sie seitwärts als Ritual über eine abgerissene Decke hinweg. Die ganze

Nacht über versuchte ich, das Bild frontal vor die Augen zu bekommen, was mir nicht gelang, weil ich in diesem außerordentlich quälenden Traum meine Augen nicht erheben durfte; ich war froh, am Morgen aufzuwachen.

*

Partnerwahl.

Endlich ging es zur Sache. Am Morgen sollten wir uns nicht nur mit Badetüchern, sondern auch mit dem Fläschchen Massageöl einfinden. Ich hatte mich sowieso gewundert, welche Utensilien in unserem Gepäck erwünscht waren: Wickeltücher, Sarongs, Lanais oder ähnliches, auch persönliche Dinge, Geburtssteine (Mars?), Düfte in Dosen, sogar Trommeln oder Rasseln, Spezereien zum Räuchern. Und eben das bewußte Massageöl.

Ja, da wurde die Spreu vom Weizen getrennt. Wir stellten uns in großem Kreis auf und sahen uns an. Es wurde wohl erwartet, daß sich die Paare vom Vortag zusammenfanden, was auch der Fall war, zum Beispiel bei meiner Traudl und mir – ohne große Umstände, wenn auch nicht besonders dringlich.

Nicht so im Fall Rudi. Der Rudi hatte sich feingemacht, er trug ein hauchdünnes javanisches Hemd, gemustert wie eine Flagge, dazu hauchdünne javanische Hosen, in denen man, wenn man wollte, den Yati sah. In der Hand trug er ein paar alberne Gegenstände, einen Brief zum Beispiel, einen aufgeblasenen Kinderball, mit dem er nun auf die Friede losging, die jedoch, so kommunikativ sie immer sein mochte, ganz sachlich den Kopf schüttelte. Also nein. Woraufhin er, immer noch mit dem Kinderball in der Hand, ein paar Schritt weiter im Kreis sich der armen Hespe zuwandte.

Diese übertrieb allerdings, indem sie ganz unstatthaft zurückwich, regelrecht aus dem Kreis heraus, sich sogar etwas zusammenkrümmte, wobei sie die Arme dicht an den Körper zog. Körpersprache. Dabei hatte ich kurz zuvor registriert, als ich dem Mann zufällig nahekam, daß er zur Zeit *keinen* Körpergeruch verbreitete. Ziemlich sicher. Während eine dritte Dame, eine gewisse Linde, ganz einfach beiseite schaute, das sah so aus, als ob sie blind wäre, der Naturmensch in seinem Flaggenhemd war ja nicht zu übersehen, anscheinend sah sie ihn aber nicht.

Woraufhin er eine gewisse Vierte, eine solide Dame, eine Politikerin, wie ich gehörte hatte, ansteuerte – – einen vierten Versuch hatte er nämlich nicht – – ansteuerte, und dann doch nicht. Er trat nicht in den Kreis zurück, stand da mit hängenden Armen und hätte nun konsequenterweise seinem Leben ein Ende bereiten müssen. Jedenfalls hatte ich noch nie einen derart vernichteten Menschen gesehen, während mein Mitgefühl sicherlich nicht erwünscht war. Ihn beispielsweise beiseite zu nehmen: Wenn Sie Hund wären, würden Sie sich wundern, wie wenig Gerüche Menschen wahrnehmen, sie unterscheiden allenfalls zwischen gut und schlecht, und auch das bilden sie sich nur ein.

Hätte ich sagen können.

Er endete dann bei der armen Thea, die übrigblieb, nein, dort endete er auch nicht, er endete bei der Assistentin, der Sindra, die in diesem Fall einsprang. Die Thea dagegen, die Füllige, wurde vom Hirten selbst in Obhut genommen. Womit die Zahl dann aufging.

*

Wir anderen Paare, die wir glücklicher dran waren, richteten jetzt unsere Herzlager ein. Mit um so größerem Eifer, als wir ja gesehen hatten, wie es laufen könnte (wenn es nicht lief).

Die Traudl machte das übrigens sehr liebevoll, baute ringsum kleine Pagoden auf, kleine Sockel, auf denen Räucherstäbchen steckten. Auch zwei Kerzen oder schwimmende Dochte in Lotosschalen, rechts und links des Lagers zwei farbige Bänder mit aufgenähten Spiegelchen, Tütchen, alles sehr wohnlich und offenbar von langer Hand vorbereitet. Ich konnte erkennen, was es bedeutet, sich einen «mental» abgegrenzten Raum zu schaffen, und darf sagen, ich fühlte mich angerührt, gleichzeitig aber auch beschämt, hier mit sozusagen leeren Händen zu erscheinen.

Mit nichts als Massageöl.

Immerhin frohen Sinnes (ein Spaß).

Das Ausziehen sollte diesmal rituellen Charakter haben, indem wir uns gegenseitig auszogen, mutuell, ich die Traudl und die Traudl mich. «Machen Sie sich keine Sorgen», sagte ich und war wirklich der Meinung, sie sollte sich keine machen, damit wir hier eine mögliche Peinlichkeit einigermaßen überbrücken konnten. Die Traudl sah mir fest ins Auge.

«Ich mache mir keine Sorgen», sagte sie.

Sie legte sich dann in ausgezogenem Zustand auf das Lager. Folgende Anordnung: Die Dame liegt flach auf dem Rücken, der Herr zu Häupten streicht ihre Stirn. Die Wangen. Und mit sehr viel Fingerspitzengefühl die Mundpartie. Sie hebt das Becken, senkt das Becken und hat dabei Empfindungen: Es ist das «Beckenwiegen» und das «angenehme Kribbeln», das dabei empfunden wird, das Apanasatram. Der Meister läßt das Wort rollen und erklärt, daß es «Willkommen» oder «Öffnen der Tür» bedeutet, es sei eine Begrüßung.

«Wir begrüßen uns jetzt.»

– – –

«Sie brauchen nichts dabei zu empfinden», sagte ich leise zur Traudl, «wenn es nicht geht, geht es nicht. Hauptsache, es sieht so aus.»

«Ich empfinde sehr viel.»

Also gut. Jetzt bleibt die Dame auf dem Rücken liegen, der Herr sitzt ihr zur Seite, immer noch in Hockstellung, seine Rechte, mit der er massiert, ist ausgestreckt, die Linke hält das Öl. Das Massageöl. Es sollte leichtfließend sein, mit einer Duftnote, Sandel, Hibiskus, Ringelblume, die Streichbewegung leicht, ohne Druck und langsam. Ruhige Kreisbewegungen oder lange gerade Striche. Sie sollten «ein Zephir» sein, aber nicht kitzeln.

«Empfinden Sie etwas?»

Die Traudl blickte mir plötzlich starr ins Auge. Sah ich das Ganze vielleicht falsch? Mir kam der Verdacht, daß die

Dame sehr viel empfand und vielleicht genau das Richtige. Jetzt strich ich ihr mit einem langen Strich vom Fuß bis zur Hüfte, aber wirklich nur ganz auf der Außenseite, und dann mit einem langen Strich an der anderen Außenseite hinab. Was sollte ich sagen, beide Male entlockte ich ihr einen deutlichen Seufzer, und vielleicht war es gar nicht der Ehemann Fetter, der die Idee gehabt hatte?

Inzwischen hatte aber eine leise Musik im Raum eingesetzt, mehr ein Hintergrund als Musikstück, «Gesang der Natur» aus einem verborgenen Lautsprecher – hinter der Sackleinwand? Der Pradi ging von Paar zu Paar, gab hier eine leichte Korrektur, dort eine ordnende Hand. So wie ein Meister zwischen seinen Kunststudenten einhergeht.

«Wir wollen unseren Körper kennenlernen. Für uns selbst und für den anderen.»

Gewichtig, aber auch behutsam.

«Wie fühle ich mich!»

Aber auch mächtig, so wie wir ihn von unten sahen.

«Und wie fühle ich, was der andere fühlt.»

Mächtig und auch gemächtig, so wie er über uns stand.

«Wir wollen empfinden und empfinden lassen, auf einer Skala von eins zu zehn.» Wir wollen was?

– – –

Im Augenblick glaubte ich, nicht richtig gehört zu haben.

«Das Gefühl numerieren», sagte er behutsam, «wir wollen Noten geben für das, was wir empfinden (und empfinden lassen).»

Eins – nicht so gut.

Zwei – auch nicht gut, aber besser.

Drei – besser.

Vier – gut.

u.s.w.

Zehn – fulminant, außerordentlich aufregend, das höchste der Gefühle.

Auf der Landkarte des Körpers? Das allerdings war eine merkwürdige Wendung, die die Dinge nahmen.

«Was ist das?»

«Das ist eine Zehn», sagte die Traudl leise. Und das war natürlich Unsinn, ich hatte ihr nur ganz sachte über den Oberschenkel gestrichen, setzte deshalb etwas tiefer an und strich übers Knie?

«Eine Zehn.»

«Eine Zehn», wunderte ich mich, «wie kann das eine Zehn sein!» Natürlich flüsterte ich, wollte nicht, daß die Nachbarn an unserem Gefühlsleben teilnahmen, nur fiel mir auf, daß meine Dame irgendwie glasig schaute, als ob sie ein Mittel genommen hätte, irgendwie weggetreten. Als ich ihr jetzt über die Vorderkuppe der Großen Zehe strich (Großer Onkel).

«Eine Zehn.»

«Oh, oh», rief ich aus, leise natürlich, «vielleicht sollten wir doch noch einmal genauer nachfühlen: Ist es eine, oder ist es keine.»

Es war eine Zehn.

«Und hier?»

Hier auch.

Wohin sollte das führen, es waren sozusagen lauter Zehner, ganz gleich, wo ich hinfaßte, ich meine, irgendwo mußte doch eine gottverdammte Steigerung zu verzeichnen sein. Wenn ich jetzt über den Fußrücken strich.

«Ja.»

Ich meine, vom Fußrücken aufwärts über die Fesseln, über die Waden ...

«Ja.»

... über die Innenseite der Oberschenkel zum Venusbereich, mußte sich doch in Gottes Namen ...

«Ja. Ja.»

Ihn sanft umkreisend.

«Ja. Ja. Ja.»

Jetzt gab die Dame einen Ton von sich. Leise erst, dann lauter, und es entsprach so gar nicht der blassen Frau Fetter, daß sie jetzt rotgesichtig wurde. Bei aller Blässe. Ganz laut. Großer Gott, was hatten wir da angerichtet, Orgasmus ist bei diesen kontemplativen Übungen gar nicht vorgesehen, genauer gesagt, widerspricht er ihnen: Er ist nicht das Ziel, allenfalls der Weg. Das habe ich natürlich nicht gesagt, vielmehr etwas Beruhigendes: «Ist ja gut. Es wird in Ordnung gehen. Wir werden auch das unbeschadet hinter uns bringen.» Oder noch ruhiger:

«Keine Angst.»

Zu diesem Zeitpunkt fing ich aber einen vernichtenden Blick des Ehemannes Fetter auf, der zwei Plätze weiter ein eher mechanisches, zumindest etwas angestrengtes Verhältnis mit der sonst kommunikativen Friede hatte. Und der Meister trat dann auch noch in Erscheinung, indem er verkündete, daß ab heutigem Abend für alle diejenigen, die ihn benutzen wollten, der «Liebestempel» geöffnet sei.

«Ab neun Uhr, im hinteren Saal.»

– – –

«Kommst du?» fragte die Traudl.

*

Den «Liebestempel» habe ich tatsächlich in Augenschein genommen. Es handelte sich um den sogenannten geheimen Raum, den einige Tage zuvor die Frauengruppen für ihre Sitzungen benutzt hatten und der nun offenbar umfunktioniert war: der Liebestempel ab neun.

Er war üppig mit Matratzen bestückt, ich zählte elf, und es waren an drei Stellen Kondome ausgelegt, wie ich sah, dazu Kerzenbeleuchtung auf kleinen Tischen, die Wände ochsenblutrot, Decke mit einem großen Mandaladruck bespannt, der, stark durchhängend, ein negatives Gewölbe ergab – insofern ein wenig drückend, ich weiß nicht, ob das beabsichtigt war. Obendrein von einer eintönig gleichbleibenden Musik durchzogen – das ist nicht abwertend gemeint, es war eben nur ein Ton –, durchzogen auch von ziemlich starkem indischem (chinesisch-indonesischem) Räuchergeruch. Außerdem war kein Mensch anwesend.

Außer mir um neun Uhr.

Und auch nur, um der armen Traudl mitzuteilen, daß ich nicht kommen würde. Die aber auch nicht kam – am

Morgen würden wir dann alle erfahren, daß das Ehepaar noch in der Nacht abgereist war, wofür wir, besonders ich, eigentlich Verständnis hatten. Jedenfalls war der «Liebestempel» an diesem Tag nicht angenommen worden. Nicht am Donnerstag. Und nicht um neun. Ob später, kann ich nicht sagen.

18

Bis hierher, glaube ich, war ich in meiner Schilderung doch recht genau, habe jedenfalls auch heiklere Differenzierungen, soweit Sitte und Anstand es zuließen, nicht vermieden, mangelnde Präzision kann man mir also nicht vorwerfen. Doch legt sich jetzt – ich sehe es selbst – ein Schleier über meine Geschichte.

Der rote Nebel des Zorns.

Vielleicht, daß ich tatsächlich nicht ganz zurechnungsfähig bin, sofern es den Fortgang dieses mit wahrscheinlich völlig falschen Gefühlen beladenen Dramas angeht. Weiß ich doch noch nicht einmal, in welchem Zeitalter es in Wahrheit abläuft. Sitze da in meinem Schlafanzug im Halbkreis der Seminarteilnehmer und starre gebannt auf die drei splitternackten Gestalten. Ich sehe den Pradi mit seinem Genital, das gar nicht mehr so sehr hängt, ich sehe die ausgemergelte Assistentin als Beisitzerin und – im Zentrum – die unglaubliche Schönheit, die unerhörte Schönheit. Wie war sie denn da hingekommen!

Wie war sie denn, um Gottes willen, frage ich mich, in diese entsetzliche Lage geraten. Bezeichnet und ausgewählt für Ewigkeiten, die in Wahrheit nur Minuten dauern.

Der Pradi hatte es sich nicht nehmen lassen, sich ein Zeichen auf die Stirn zu malen, zwei Punkte und ein Komma. Hatte uns im Halbkreis versammelt, um lange und sorgfältig seine Wahl zu treffen. Hatte das Mädchen vor allen anderen ausgewählt, mit nach innen gedrehten Augen, so als ob tatsächlich eine Inspiration stattfände – ich wußte es aber besser. Die Chakras, hatte er gesagt, sind heilig, sie dienen dem Heil, der Heilung, wir werden sie erlernen und lernen, wo sie sich befinden, hatte er gesagt: Es sind sechs, sogar sieben Chakras, denn das siebte befindet sich über uns. «Im höheren Sein.»

Eben war sie noch ein menschliches Wesen, eine Frau, ein Mädchen, Juliane, und im nächsten Moment Träger unsäglicher Chakras. Halb liegend, halb sitzend mit gespreizten Beinen zeigte sie ihre Yoni, «oh, sie tut das nicht halbherzig, nein, spreizte sich in aller Deutlichkeit und Vehemenz», denn dieses war ja ihre Gruppenerfahrung, nicht wahr, die langerwünschte und von langer Hand angelegte Ekstase. Deren Zeuge wir nunmehr werden sollten.

Denn der Pradi hatte sich zu einer Einzeldarstellung entschlossen. Dazu «Heilende Klänge» von Shantiprem im Bauer Verlag (für den Fall, daß jemand interessiert ist) und ein feinzerstäubter Duft, Ylang-Ylang, wegen der spirituellen Note.

Ein entsetzliches Bild. Der Pradi hockt rechts neben ihr und legt die Hand auf. Ja, dort. Um das Chakra zu mobilisieren, versteht sich. Die Hand ist ohne Bewegung, übt offensichtlich keinen Druck aus, jedenfalls ist kein Druck zu erkennen, und das braucht Zeit, zwölf Minuten. Währenddessen die Hand aufliegt. Um dann zum nächst höheren zu wandern, zum Nabelchakra, und nun kann man erkennen, wie er das macht: Er legt auf, zwölf Minuten lang, man sieht aber, daß die Hand sich langsam löst, in der Schwebe zittert, bis sie sich höher hinaufbegibt, und man sieht auch, was sie bewirkt: einen langsam sich ausbreitenden Rosenzustand. Und um das Entsetzen zu vertiefen, erscheint ein entsetzliches Mandala-Lächeln auf ihren Mündern, sowohl auf dem seinen als auch ihrem, ein Lächeln, das keines ist und nur bestätigt, was hier abläuft. Eine Übereinkunft, eine sexuelle Absprache, eine ganz üble hinterhältige Verzückung, die hier abläuft, mir können sie doch nichts vormachen.

«Es ist eine Leiter, die wir hinaufsteigen.»

So kann man es natürlich auch nennen.

«Stufe um Stufe», sagt der Pradi leise, «wir werden sie erlernen und lernen sie zu besteigen.»

Indem sie sich ganz gemein in die Augen geblickt hatten.

Hinauf zum Sonnengeflecht, hinauf zur Herzkammer, Stufe um Stufe, und ich wußte, daß ich ihn nun würde umbringen müssen, da die Übereinkunft selbst im Hocken zu erkennen war. Vielleicht, daß der Lingam, den er sich stehen ließ, sogar vorgesehen war und gar nicht persönlich gemeint. Aber hier saß ich, unfähig, mich zu erheben, in meinem Wahn, meinem Nebel. In meinem ungebleichten Schlabberzeug im Kreis der Seminarteilnehmer, und mußte zusehen, wie er sie anrührte – es war aber so, daß er damit sein eigenes Todesurteil sprach: Der Mann hatte einen fröhlichen Steifen.

Na fabelhaft.

Man stelle sich ein zwölfminütiges Zittern über der Kehle vor. Kehle eines Zickleins, einer weißen Taube, eines Schwanenvogels mit durchgebogenem Hals. Der abgeschnitten wird, damit der Geist sich löse. Und dann ein ebenso zwölfminütiges entsetzliches Zittern über dem Stirnchakra, von wo er davonfliegt. Ich schwöre, wir alle sahen ihn endgültig davonfliegen, zum Höheren, zum Höchsten, über den Scheitel hinaus, wo wir alle kleine weiße Lämmerwolken im Blauen sahen, ich schwöre.

Inzwischen hatte er die Hand zum Sattel geformt. Die Musik ergießt sich in ein Ladidadidadidahhh ..., die Düfte schwer, die Lüfte nicht zum Aushalten, ich glaube, angesichts dieser Auflösung haben wir uns alle gleich mit aufgelöst, gleich mit vergeistigt, ich jedenfalls habe es. Der Pradi streckt den Unterarm aus, zeigt uns den Sattel: Kleiner Finger abgespreizt, drei Finger gebogen in der Komm-zu-mir-Gebärde, Daumen voran. So zeigt er uns den Griff. Ich sehe aber statt eines Unterarms die Schlange mit zwei bösen Zähnen rechts und links, die vorzeigt.

Es ist Kundalini.

Die Schlangenkraft.

Die er nun einführt, um das Entsetzliche zu vollenden, wenn er es tut. Aber das habe ich ja mein Leben lang gewußt, daß es geschieht, ich meine, mein *ganzes* Leben lang.

Diesen Griff nennt man, «die Welt in der Hand halten».

*

Am späten Nachmittag, kurz vor dem Abendessen, hatte uns anscheinend beiden der Sinn nach einem Herbstspaziergang gestanden. Das heißt, ich war schon vorausgegangen, wartete auf ihn hinter der großen Buschgruppe, so daß er mich erst bemerkte, als er auf zehn Schritte heran war. Weglaufen konnte er nicht gut mit seinen Beinen. Schreien, rufen? Ich weiß nicht, ob es etwas genutzt hätte zwischen den Hügeln, wo der abendliche Dunst wie Watte festlag und jeden Laut erstickte. Ich hörte noch nicht einmal mein eigenes Herz schlagen, das sicherlich laut war. Wir waren auch genügend weit vom Dorf entfernt, so daß er hier im Gebüsch nicht so schnell gefunden werden würde.

Wie macht man das? Man hält das Messer nicht wie eine Hacke oder einen Hammer, aber auch nicht wie einen Spieß, als ob man sich auf der Saujagd befände. Man hält es verkehrt herum, den Griff in der Hand verborgen, die Spitze den Unterarm hinaufzeigend, Klinge flach am Puls. Unsichtbar. Obwohl das überflüssig schien, wußte er doch ohnehin, was ich mit ihm vorhatte, als er mich hier stehen sah.

Und was jetzt?

Sie hätten kein Brotmesser in der Küche liegenlassen sollen, in der Küchenlade, es war sogar eines mit massivem Rücken, so daß es sich nicht verbiegen würde. Er blieb stehen, tat noch einen Schritt, blieb endgültig stehen. Panik? Er hatte kleine weiße Augen, die wie Löcher aussahen, durch die das Licht durchschien. Das mußte man ihm lassen, er zeigte keine Panik, offenbar war ihm das Ereignis nicht fremd.

«Alex? Bist du es?»

Es lag noch kein Laub, es gab keine Geräusche auf dem feuchten Herbstboden, als ich vortrat.

«So darf ich dich doch nennen.»

«Ja», sagte ich, «jetzt ist es zu spät.»

«Willst du mich nun umbringen?»

Ich nickte – woher wußte er, wie sie mich nannte.

«Weißt du Alex, ich glaube nicht, daß du es tust», sagte er, «dies ist nicht die Zeit und auch nicht das Zeitalter für solche Art Bluttaten. Und ich glaube auch nicht, daß du dafür besonders geeignet bist, Alex.»

Da hatte er recht. Womit er aber nicht rechnete, war der rote Nebel, der steigende Wahn im Kopf und die Unzurechnungsfähigkeit, in der ich mich befand.

«Hast du keine Angst, du solltest Angst haben.»

«Doch», sagte er, «unzurechnungsfähig, wie du bist, habe ich Angst. Aber vielleicht solltest du in deinem Blutrausch daran denken, daß es immer noch eine andere Möglichkeit gibt.»

Damit wandte er mir den Rücken zu und hinkte davon. Ja, ich gebe zu, daß er nichts Besseres hätte tun können, als in aller Gebrechlichkeit davonzuhinken, sich davonzuschleudern (propulsio spinalis gravis). Denn das war ein wirklich armer Rücken, den er da vorzeigte, jedesmal, wenn er schleuderte, zeichnete sich das diagonal gelegene Schulterblatt wie ein Spaten ab. Sehr angestrengt und sehr arm und keinesfalls einladend, um dort ein Brotmesser hineinzustecken.

Die andere Möglichkeit war, nach Hause zu fahren.

19

München, Stadt der Kunst, der Wissenschaften, der umfassenden herbstlichen Kulturveranstaltungen, München, Stadt der Geistesbildung. Nirgendwo in der Welt sonst gibt es einen Ort, wo am gleichen Abend drei Mozart-Uraufführungen, ein Vortrag über Hebbels Beziehungen zu Hegel, sechs Debütantenkonzerte im Herkulessaal, zwölf Vernissagen postmoderner Malerei, zwanzig Kellerveranstaltungen mit Tee und Gebäck und einem literarischen Strip rechts der Isar stattfinden und noch ein Vortrag über Bausünden in Berlin. Jeden Abend.

Während der letzten Wochen war ein endgültig nieseliges Wetter eingezogen. Ich genieße gewöhnlich zu dieser Jahreszeit die Einkehr, die Besinnung und die Innenräume, von denen die Stadt ein wahres Universum aufzuweisen hat. Aus grauem Niesel tritt man ein in Nibelungensagen, Dietrich von Bern reitet durch glühende Saalfluchten, in dunkelgoldenen Treppenhäusern steigt man höher und höher bis zum blauen Licht des Ganymed, und immer befindet sich noch ein weiteres Glasdach darüber. Da kann man trockenen Fußes König Ludwig folgen, vom Schwanensee mit inkrustierten Wänden bis ins ferne Rom, das sich dann unter dem Stachus befindet. Um von dort – immer noch trokkenen Fußes –, eine Mathäser Bierstadt passierend, zwei Kilometer weit, was sage ich, fünf Kilometer durch die Welt der Bilder und der Bildung zu wandern, der Geistesbildung Münchens. Und die genieße ich dann.

Juliane hatte inzwischen mehrfach angerufen. Ich wollte aber nicht antworten und hatte sie auf das Band sprechen lassen. Konnte allerdings kein Bedauern über das Geschehene aus ihrer Stimme heraushören, nicht einmal einen bedauernden Unterton. Was ich hören konnte, war Depression: Der Sonnenfrau fehlte die Glücksdroge! Immerhin war sie eine Süchtige, eine, der der Entzug besonders heftig zusetzen mußte. Es ist ein bekanntes Phänomen, daß dem Nordmenschen der Niedergang der Sonne von jeher als Unglück erschienen ist, die Tage gelten «als verstümmelt, in Fesseln geschlagen und von Mondwölfen angenagt». Selbst Baldr, der fröhlichste unter den Göttern der Germanen, stimmt ein Trauerlied an. Bedeutet doch das Fernbleiben der Sonnenscheibe den sicheren Tod, so daß sich Grabesstimmung breitmacht, sobald auch nur der November herannaht.

Nicht meine Person betreffend.

Ich gehe in die Bibliotheken und hätte Baldr, dem Germanen, das gleiche nur empfehlen können. Dort herrscht ein anderes Licht, dort steht die Sonne – die Sonne aller Zeiten – kompakt in den Buchreihen, bereit, aufzugehen für jede Art der Erleuchtung. Für jeden, der will, wenn er nur weiß, wie er danach zu suchen hat.

Es gibt in München die Bibliothek der Bibliotheken, die Maximilianssammlung der Universität. Ein gewaltiger Bau, einbezogen in den Gesamtkomplex Klenze'scher Idealbauten in der Ludwigstraße. Keine Spätgotik, keine Spätrenaissance und schon gar kein Spätbarock, eher Vision eines arkadischen Zeitalters, das es nie gegeben, in München aber doch gegeben hat. Die große Treppenrampe beflügelt mich jedesmal, wenn ich zum Lesesaal aufsteige, um mich über Brunnenbauten, Pottwale, Feuertänze, Wanderungen im Ardennenwald oder Hilfszeitwörter im Sumerischen zu belesen. Und so geistig sich meine Bibliotheksstunden auch immer anlassen, bereiten sie mir doch ein körperlich spürbares Hochgefühl – manchmal fühle ich mich versucht, barfuß über die Sandsteinplatten zu gehen. Ganz im Geist des Erbauers.

Klenze hatte wohl einen Idealmenschen im Auge, als er die wohlberechneten Quader, Schwellen und Ecksteine legte. Einen, auf den sich die Proportionen beziehen, nicht umgekehrt, einen, dem Respekt gebührt. Selbst ein Mann wie Hitler hatte es nicht geschafft, dort großmächtig aufzumarschieren – weiter oben an der Feldherrnhalle ja, aber nicht zwischen den Klenzebauten. Will sagen, die Freude am Geist ist hier, zumindest in der unteren Ludwigstraße, noch ungetrübt.

*

So sieht man mich denn an diesem Vormittag die Treppenfluchten aufsteigen, mit Schwingenkraft zum Saal der großen Denker – sie stehen als Porträtbüsten in langen Reihen entlang der Wände. Dort sitze und arbeite ich. Ich werde einmal die Methode des «wissenschaftl. Lesens» erklären. Es ist nämlich keineswegs so, daß man hingeht und nach einem hilfreichen Gespräch mit einem Kurator einfach Band 4 herauszieht. So ist es nicht. Man sitzt dreieinhalb Millionen verschlossenen Büchern gegenüber, die noch nicht einmal ihre Titel ausreichend benennen – da sind höchstens kryptische Code-Bezeichnungen zu sehen: 010 AV-16010 B, oder in der Handbuchabteilung: Hiermann, gesch.-soziol. Grundl. d. außereurop. Kult. XXXII, 5. Die kommen einem nicht entgegen, sondern man muß die Fährte aufnehmen, man muß sich, unter der ätherischen Büste Freuds sitzend – der hier übrigens große Ähnlichkeit mit dem auf dem gegenüberstehenden Sockel befindlichen Virchow hat –, anwehen lassen.

So ist das. Der Geist des Hauses weht, und man läßt sich von ihm tragen, bis man unter dem Schlagwort Sonne, Sol auf Soleier(*) stößt und von dort auf Chamisso, der an der Beck'schen Krankheit litt (was wir auch nicht gewußt hatten), und von dort auf den Satz, «der wegen der Dunkelheit seiner Lehre der Dunkle genannt wurde». Oh, ich vergaß, von Solei zu Chamisso geht es natürlich über die Vogeleier auf «Tristan da Cunha»(*). Ich möchte damit nichts gegen das wissenschaftliche Lesen sagen, lediglich dessen Abenteuerlichkeit aufzeigen, und mit einigem Glück landet man dann an diesem Vormittag bei den Episkopaten(*), um sich

* entspr. Buch-Code

schließlich über die Wirkung des Histamins bei übermäßiger Sonneneinwirkung zu belesen.

Histamin, las ich, ist ein Gewebehormon, das im Körper aus der körpereigenen Aminosäure Histidin entsteht und gefäßerweiternd wirkt. Es entsteht – und soweit hörte es sich harmlos an – unter besonderen Reizbedingungen, seien sie entzündlicher, allergischer, physio-physikalischer Natur, etwa bei Strahlungsschäden. Als mehr oder weniger unterschwelliger Akt des Körpers. Der allerdings überschwellig werden kann, hieß es, um dann als echtes Krankheitsbild in Erscheinung zu treten, und zwar mit hoher Durchlässigkeit der Gefäßwände, «wie ein Sieb».

Ich vereinfache hier die Information, die sich im Handbuch der Inneren Medizin(*) über acht Seiten erstreckte (S. 1049–1057), und ich kann natürlich nur das wiedergeben, was ich selber verstehen konnte. Zu den gefährlichsten Reaktionen, die auftreten können, hieß es, gehöre das Hirnödem, die Hirnschwellung, der Hirndruck, ein dramatisches «rotes» Phänomen, das im Extremfall zum Tode führt.

An welcher Stelle ich aufmerkte.

Darauf gekommen war ich durch das «Studium seltener Todesarten»(*) von P.W. Beckmann im Tauberverlag, welches die absurdesten Zusammenhänge herstellt. Ein ganzes Kapitel zum Beispiel war nur den Haushaltsgeräten gewidmet, allesamt anscheinend zu dem einen Zweck erfunden, den Ehegatten zu beseitigen. Oder das Kapitel über Sitzgelegenheiten! Nicht zu vergessen die unendliche Zahl todbringender Substanzen im Haushalt wie etwa Apfelsinenschalen – das Geheimnis der Freimaurer (wohlgemerkt nur das innere Weiße) – oder Glasstaub. Oder die Abreibe von Messinggeländern.

Interessiert hatte mich natürlich die Wirkungsweise von Sonnenschutzmitteln, da ich hier der Sache erheblich näher kam. – Sonnenschutzmittel, besonders die mit den hohen Schutzgraden 36 bis 48, ließ ich mich belehren, bewirkten nichts anderes, als die Haut mit einer Folie zu überziehen, mit einem chemischen Hemd sozusagen. Man kenne die bedauernswerten Kinder am Strand, die wie ein Stück blauer Seife aussehen. Na ja. Es gäbe aber auch wirkliche Schutzmittel, hieß es weiter, Substanzen, die den Reizvorgang als solchen blockierten, allerdings eher in Form von Tropfen oder Tabletten, in Amerika sogar als Erfrischungsgetränk, «Sunkiss-Tonic», «Bitter Daiquiri». Es entsteht kein Histamin, keine Rötung, keine Schwellung, keine Entzündung: kein Sonnenbrand.

*

Nun darf ich aber bezüglich aller Information, die ich hier anführe, eine Einschränkung machen. Eine Einschränkung und eine Erweiterung: Neben dem wissenschaftlichen gibt es natürlich das schöpferische Lesen, das übergeordnete, höhere, das zu besonderen Ergebnissen führen kann. Eine Art Eigenproduktion des Lesers, abhängig von räumlichen, atmosphärischen, persönlichen, sogar klimatischen Bedingungen (in den Tropen liest es sich anders).

In der Zwischenzeit nämlich hatte sich der große Lesesaal, in dem ich mich befand, so weit gefüllt, das Lesepublikum so weit verdichtet, Schulter an Schulter, daß hier im Laufe des Vormittags ein fast körperlich greifbarer Hochdruck entstanden war. Ein starker Lautpegel bei strengstem Sprechverbot, nicht eigentlich hörbar, aber deutlich spürbar, ein imaginäres Ommm als Dauerzustand.

«Ommmmmm ...»

Ich will mich nicht entschuldigen, doch habe ich mich vielleicht etwas davontragen lassen. Ausgesetzt der geballten Hirntätigkeit von Hunderten studierter Menschen dicht neben mir, inmitten vier Millionen Büchern und einer Gesamt-Klenze'schen Architektur habe ich vielleicht etwas hineingelesen, was nicht unbedingt im Text stand.

Es handelte sich also um die Folsäure.

Man versteht, ich hatte nicht nach ihr gesucht, das wäre auch gar nicht möglich gewesen, ich hatte sie nur gefunden. Und es war eine höchst widersprüchliche, schillernde Information, die mir da wie ein bunter Käfer eigenständig aus den Seiten entgegengekrochen kam, an diesem besonderen Tag. Und ein giftiger Käfer dazu.

Folsäure also ist die wirksame Substanz des Sonnenschutzes. Sie ist ein Histaminblocker, und zwar in geringster Konzentration, in einer Verdünnung von 1 : 1 000 000 Mikro e (das bewegt sich in fast homöopathischen Bereichen: ein Tropfen auf den Starnberger See), in dieser Form ist sie in fast allen aktiven Sonnenschutzmitteln enthalten. In höherer und höchster Konzentration aber – und hier kommt nun die eigentliche, wirkliche und, wenn man will, wirklich bedrohliche Information –, in hoher Konzentration ist sie ein Histamin*locker*!

Wie ist das zu verstehen?

Ich habe mich über dieses Phänomen unter dem Titel «paradoxe Reaktion» ausführlich belesen: Dieselbe wirksame Substanz bewirkt ab eines gewissen Schwellenwerts plötzlich das Gegenteil, setzt in diesem Fall Histamin sogar gesteigert frei! So daß sie alle unerfreulichen Symptome, die sie ja als Sonnenschutzmittel verhindern soll, geradezu hervorruft.

So gelesen im «Handbuch der Inneren Medizin» (S. 1079–1089), oder wenigstens glaube ich, mich so belesen zu haben. Demzufolge allerdings könnten *alle* Wirksubstanzen im Endeffekt und unter entsprechenden Umständen gegenteilige Wirkung haben. Es ist ein weites Feld, ein bedrohliches auf jeden Fall. Die Schrittmacher verursachen Stillstand, die Vitamine werden zu Antivitaminen, die fiebersenkenden Mittel erzeugen Fieber.

Das hat mich dann aber nicht mehr interessiert.

*

Den Rest des Tages – nachdem ich gegen zwei Uhr im gelbgestrichenen Teeraum «Marco Polo» in der unteren Etage einen späten Imbiß genossen hatte – verbrachte ich dann damit, meine Spur zu verwischen.

Man muß wissen, daß diese großen computergesteuerten Bibliotheken heutzutage jeden Ausleihvorgang registrieren und auch fixieren, so daß man selbst nach einem Jahr noch nachprüfen kann, ob man seinerzeit das Wort «depillidatéer» im Baur oder im Rosenfeld nachgeschlagen hatte. Nicht, daß es etwas ausmacht, ich weiß auch nicht, wie lange die Daten gespeichert werden, vielleicht bloß drei Tage.

Immerhin.

Über Blocker, Locker, Lockspeise gelangte ich zu den Lockvögeln und deren Eiern, landete schließlich wieder bei Chamisso, um von dort über die Beck'sche Krankheit unter dem Schlagwort «Drehmoment», und Drehungen an sich, bei den ganz frühen Vermutungen einer Achsendrehung der Erde anzulangen (Heraklit) und dem Satz «die Stadt Anus wimmelte von Hirodulen», die ja wirklich nichts in meinen Nachforschungen zu suchen hatten. Immerhin meinte ich, damit genügend falsche Fährte gelegt zu haben.

20

Man kann sie nicht kaufen. Man kann nicht hingehen und sagen: Geben Sie mir einen Viertelliter Folsäure, zu welchem Zweck auch immer. Es gibt auch keine Rezeptur, etwa: Pteroylglutaminacidose 1 OP. Denn wer sollte sie ausschreiben.

Aber!

Man kann Eutefix kaufen. Also, auf diese Entdeckung bin ich stolz, und es hatte mich zwei Wochen gekostet, bis ich Eutefix entdeckte: Eutefix wird zur Beseitigung des lästigen Milchsteins in Melkanlagen benutzt, es löst den Stein mittels Gärprozesses, ein in dieser fernen Branche durchaus handelsübliches Produkt, und – – – es ist reine Folsäure.

Im Endeffekt – da es nicht in kleinen Mengen erhältlich war – habe ich wohl den vollen Monatsbedarf eines Molkereibetriebes gekauft, zumindest war das Säckchen, das ich zu tragen hatte, ziemlich schwer. Und damit man sich an keine Autonummer erinnerte, bin ich zu Fuß draußen gewesen: Großkäserei «Frischdienst GmbH», Dingolfing. Das ist auch eine Eigenheit Münchens, daß es gleich hinter dem letzten U-Bahnhof völlig ländlich zugeht. Da breiten sich zu dieser Zeit Stoppelfelder aus, ganz im Jahresrhythmus, die Stoppeln reichen praktisch bis zum Fahrkartenschalter, faules Obst liegt noch immer unter den Bäumen, man tritt in Kuhdung, und über allem liegt eine säuerlich nahrhafte Odelluft. – München in den Außenbezirken.

Landwirtschaftlich und zugleich industriell.

Ich war mir nicht sicher, ob ich hier den richtigen Ton anschlug, immerhin trug ich Gummistiefel, mit denen ich durch die Molkepfützen watete. Es herrschte ein durchgehend scheppernder Betriebslärm auf dem Gelände, Milcheimer wurden gestoßen, Rundtanks aus Italien knallten auf den Zementboden, und der Geruch: Milchkrusten und blaue Kulturen. Das Ganze aber trotzdem sehr reinlich.

In einem Büroverschlag in der Ecke der Halle geriet ich dann an einen Mann in gestreiftem Hemd, der sich für mich überhaupt nicht interessierte.

«Kaseïn?»

«Nein, Eutin.»

«Sie wollen Kaseïn?»

«Nein, Eutefix», verbesserte ich mich.

Ein durchweg schepperndes Erlebnis, ich hatte sogar versucht, meiner Stimme Lautstärke zu geben, trotzdem glaube ich keinen übergroßen Eindruck hinterlassen zu haben, als ich mit meinem Säckchen schließlich abzog. Die Menge war doch zu gering gewesen.

*

Verbrechen aus Leidenschaft.

– – –

Ich hatte die Wahl zwischen einem ungenutzten Fremdenzimmer im zweiten Stock, direkt über meinem Schlafzimmer, so daß man eine Wendeltreppe hätte hinaufführen können, und einem anderen leeren Raum im ersten Stock, letzterer fensterlos. Ich entschied mich für den fensterlosen.

Ursprünglich als Ankleideraum neben dem Schlafzimmer gedacht, wies er jetzt keine Verbindungstür mehr auf, hatte wohl eine Zeitlang zum Wäschemangeln und Rollen gedient, mit einem grillartigen Entlüftungsschacht unter der Decke. Jetzt voller Gerümpel. Stickig. Ziemlich groß. Beleuchtet von einer einzigen blanken Glühbirne, am Kabel von der Decke hängend, aber das ließe sich ändern.

Wie erschlägt man einen Sonnenanbeter (Anbeterin).

Mit Sonne natürlich.

*

Zunächst ließ ich die Türöffnung zum Gang bis auf Kniehöhe hochmauern – das bereitete den Maurern etwas Verwunderung, sie dachten wohl, ich wollte dort Tiere halten. Die Tür selbst wurde entsprechend abgesägt und eingepaßt und zum Gang hin mit zwei Holzstufen versehen.

Die zweite Phase: Dieselben Maurer, die sich schon vorher gewundert hatten, mußten jetzt den Raum abrunden, sämtliche Winkel und Ecken abschrägen und rund verputzen. Auch, und besonders den Übergang zwischen Wand und Decke.

Das Ergebnis war eine Räumlichkeit, von der man nicht genau wußte, wo sie anfing und wo sie aufhörte. Und die dann auch von den Maurern mit einem gewissen Mißtrauen betrachtet wurde, als sie damit fertig waren.

– – –

Die Maler rückten auftragsgemäß mit einer Spezialfarbe an, einem tiefen Dunkelblau, das aufgetragen fast schwarz aussah, besonders im Licht der einzelnen (erbärmlichen) Glühbirne. Der Farbauftrag sollte dicht sein, mehr eine Beschichtung, wodurch dann alles noch schwärzer aussah.

«Wie sieht es aus?»

«Erbärmlich», erklärten die Maler, «wir haben noch niemals einen so häßlichen Anstrich gemacht.»

Ich gab mich aber zuversichtlich.

– – –

Denn nun kamen die Elektriker, intelligente Leute, die gewisse, vorerst noch geheimgehaltene Installationen vornahmen, jedenfalls solange die Heizungsbauer noch nicht am Werk waren. Denn die durften aus gutem Grund erst zum Schluß kommen, damit mir die übrige Bande nicht auf den Heizschlangen herumtrampelte, die flach auf dem Fußboden verlegt werden sollten. Dazu etwas Grundsätzliches – und ich muß es einmal aussprechen –, Handwerker heutzutage stellen eine echte Bedrohung dar, sie kommen mit riesigen Schuhen daher, ohne jedes Gefühl. Laufen mit Vorliebe über alles Frischlackierte, ohne auch nur im geringsten darüber nachzudenken, daß der Schaden, den sie anrichten, in keinem Verhältnis zum Geleisteten steht:

Für hundertfünfzig Mark Stundenlohn richten sie fünfzehnhundert Mark Schaden an. Tut mir leid, es mußte einmal gesagt werden.

«Sie brauchen uns ja nicht kommen lassen!»

Das stimmte auch wiederum.

Die Heizschlangen, Kupferrohre ohne Isolation, bedeckten auf dicken Matten (damit keine Wärme nach unten abgestrahlt wurde) den gesamten Fußboden in einer Menge und Größenordnung, die ungefähr vier großen Lamellenkörpern einer Zentralheizung entsprachen. Ich wollte es also heiß haben. Bodenheiß. Und als alles fertig war, ging ich in die Zoohandlung und kaufte Vogelsand, «da staunt man», das ist dieser ausgesucht feine, schneeweiße, den man zweimal die Woche in die Vogelkäfige streut – ich kann nicht sagen, woher sie den beziehen, es gibt, glaube ich, nur zwei Sandstrände auf dieser Welt, in Florida und in Chile, die den Ansprüchen genügen. Kanarienvogelsand in großen Mengen. Der Zoohändler wollte wissen, wieviel?

«Lassen Sie mich nachdenken», sagte ich, «hundert Sack?»

Mit einer gewissen Begeisterung.

«Nein», erwiderte der Mann, «das wäre wohl etwas zu viel, es sind vierzig Kilo im Sack, wieviel wollen Sie davon.»

«Dann will ich», ich dachte noch einmal nach, der Raum war fünf mal fünf Meter groß und für jeden Quadratmeter berechnete ich acht Sack, ungefähr, «dann will ich hundertfünfzig Sack.»

«Hundertfünfzig», staunte der Mann, anscheinend hatte er in zwanzig Jahren, seit Bestehen der Zoohandlung nicht soviel verkauft, insgesamt.

«Also gut», sagte ich, «hundertsechzig.»

*

Die natürlich erst einmal bestellt werden mußten. Und dann dauerte es auch noch eine Weile. Juliane hatte noch ein paar Mal vergeblich angerufen, dachte wohl, ich sei verreist, bis ich schließlich an einem besonders düsteren Tag, Anfang November, den Hörer abnahm:

«Bist du es?»

«Geht es dir gut», fragte sie besorgt.

«Es ging mir nie besser», erwiderte ich, «im Sommer geht es mir immer gut, wie geht es dir?»

«Nicht so sehr, wir haben Winter, ich mag ihn nicht.»

«Wir haben vielleicht Winter, vielleicht auch nicht», sagte ich geheimnisvoll, «und vielleicht habe ich eine Überraschung für dich, warum kommst du nicht und siehst sie dir an.»

«Was ist es?»

«Sieh sie dir an.»

Rätselhaft.

Als sie kam, hatte sie – was sie noch nie getan hatte, solange ich sie kannte – Lippenstift aufgelegt. Sie trug eine unglaublich häßliche Jacke, knielang, himbeerrot und unförmig dick gefüttert. Aber als sie sich herausschälte, war ich zwar darauf vorbereitet, trotzdem blieb mir wie immer das Herz stehen.

«Mein Gott», sagte ich, «was tust du mir an.»

Dieses Mal aber hatte sie übertrieben, steckte in einem unglaublichen Fummel, so nennt man das wohl, aus extrem dünnem Stoff, der überall anklebte, tangofarben und völlig unschuldig (natürlich nicht!). Hatte sogar ein hypnotisches «Poison» aufgelegt, was sie auch noch nie getan hatte, was, fragte ich mich, will sie beweisen, weiß sie nicht, wohin das führt, wohin wir jetzt zwangsläufig gehen müssen – wo wir alles ablegen, alle Vernunft, alle Einsicht und besseres Wissen –, sie blitzt und strahlt und dreht sich, damit ich sehen kann, wie schön sie ist. Meine Schöne, meine Leuchtende. Immerwiederkehrende. Vielleicht früher einmal, in einem früheren Leben (früheren Sommer) wäre sie damit davongekommen, jetzt nicht mehr.

Meine Göttin.

Meine Ritualgöttin.

Wie sie die prunkvollen Hüften herausschwang, wie sie die Stufen aufstieg, Erde und Mond darstellend, ausladend unter der stengeldünnen Taille. Ich war versucht, der Dame den anklebenden Fummel glattzuziehen, ordentlich über die Gesäßbacken, um mir damit eine fällige Ohrfeige einzuhandeln, wie sehr hätte ich mir das gewünscht.

«Aber dich darf man ja nicht berühren.»

Sie lachte silberhell.

Das war eigentlich immer das Übelste gewesen, daß sie immer silberhell gelacht hatte.

«Ist es hier?»

«Ja, hier ist es», sagte ich, «und Vorsicht, Stufe.»

Es waren zwei Stufen, und die Tür war zwar etwas abgesägt, insgesamt aber höher gesetzt worden, wie ein hochgelegener Eingang zum Zwischenstock. Ich ließ sie vor mir eintreten, ließ sie auch das Licht anknipsen, das heißt, eigentlich war es gar kein Licht, das sie hier anknipste – diesen Effekt hatte ich mir sorgsam aufgespart. Schon während der Nacht hatte ich die Heizung groß aufgedreht, so daß der Sand gut aufgeheizt, glühend heiß oder wenigstens ausreichend warm war, und das Licht, das sie anknipste, war schwarz: Es war schwarzes Licht!

– – –

Ja, die Wirkung verblüffte mich immer wieder selbst, immer wenn das Licht anging. Ich will mich nicht allzusehr loben, aber dieses hier war ein Meisterwerk, ein ausgesprochener Überraschungseffekt, der auf den Eintretenden wartete. Da hatten also meine Elektriker ringsum in den oberen Ecken schwarze Birnen installiert, sämtlich mit 1000 Watt effektiver Leistung und so plaziert, daß rundum eine gleichmäßige Ausleuchtung stattfand. Ich darf noch einmal ganz technisch werden, es ist mir wichtig.

Vorausgegangen war ein Besuch des Technischen (Deutschen) Museums, eines weiteren Glanzstücks Münchens – inselartig mitten in der Isar gelegen –, das ich mir, zusammen mit Besuchern aus aller Welt, alle paar Jahre einmal gönne. Es ist vollgestopft mit galvanischen Geräten, Induktionsapparaten, Pumpen und Hebevorrichtungen, ja, ganzen Bergwerken und Kommandobrücken von Ozeandampfern. Ich will nicht zu weit ausholen, nur soweit es die Authentizität angeht.

In Raum IV der Abteilung Optik nämlich steht ein mannshoher Glaskristall auf vier Stahlbeinen, das «Möller'sche Prisma», eine Weltrarität wegen der tonnenschweren Glasmasse der Kategorie Eins (gefertigt von Liebstöckel-Jena, ursprünglich Ausstellungsstück auf der Pariser Weltausstellung von 1893). Dieses Monstrum also zerlegt das Licht einer weißen Lichtquelle von außerhalb des Raumes, wobei das gesamte sichtbare Spektrum weggefiltert wird und nur der unsichtbare Anteil jenseits des Violetts den völlig dunklen Raum erfüllt, das Ultraviolett.

Das Bild ist außerirdisch.

Da schweben Krawatten als leuchtende Gestirne im Raum, Hemdenknöpfe, Reißverschlüsse, aber auch Griffe von Tragetaschen wandern isoliert herum, Brillengestelle, Haarspangen kleiner Mädchen. Ich habe eigenständige Gesichtscrèmes – nur die Crème und sonst gar nichts – dort schweben sehen und eben auch den wehenden «blauen» Seidenschal einer Dame. Der war es, der mich auf den Gedanken gebracht hat. Der Seidenschal und sein unerhörtes, nie zuvor gesehenes jenseitiges Blau.

«Oh, Alex!»

Allein um dieses Moments willen hätte sich der ganze Aufwand gelohnt. Sie war überwältigt. Sie breitete die Arme aus, ging ein paar Schritt in das Blau hinein, dieses blaueste Blau überhaupt, dann drehte sie sich um, glücklich, beseelt.

Nein, ich will mich wirklich nicht loben, aber was da an Transparenz, an Transluzenz aufleuchtete, sobald die insgesamt viertausend Watt schwarzen Lichts angingen – es war natürlich fluoreszierende Farbe gewesen, die ich so häßlich hatte auftragen lassen –, das war ... das war ...

«Oh, Alex!»

Vergleichbar vielleicht mit einem tiefen Unterwasserlicht: Tintes Traum vom glückseligen Ertrinken, na ja, ein poetischer Vergleich. Hinzu kam, daß dem Auge am ausgegipsten Rund keinerlei Fixpunkt geboten wurde – die Wände waren selber die Lichtquelle –, so daß der Blick glatt hindurchlief: bis nach Mahabalipuram. Ich hatte die Tür bündig einpassen lassen, ohne Spalt und Ritze. Einzig die

Horizontlinie, wo der weiße Sand gegen das Blau stand, zeigte eine Grenze an. Aber die war eher surreal zu nehmen, man wußte auch nicht genau, wie weit entfernt. Zwei Meilen. Zwanzig Meilen.

«Oh, Alex», sie hatte die Schuhe abgestreift und war auf den Strand hinausgelaufen, «das hast du gut gemacht.»

«Das habe ich sogar sehr gut gemacht.»

Und sie wußte noch nicht einmal, wie gut.

Wenn man bedenkt, mit welchen Schwierigkeiten heute zu rechnen ist, mit Handwerkern, Baugenehmigungen und überhaupt mit allem Baugewerblichen, Elektriker eingeschlossen. Inzwischen hatten wir uns ausgezogen, keineswegs schwül, sondern so richtig zügig wie am Strand, hatten unsere Sachen in die Gegend gepfeffert. Es herrschte Windstille. Zwar standen Badelaken zur Verfügung, Juliane zog es aber vor, sich «ohne» in den heißen Sand zu legen, der nicht nur an der Oberfläche, auch ganz bis zum Grund von der Sommerhitze durchglüht war.

Noch ein Wort zum Tropenhimmel. Er wird als dunkles Wunder beschrieben (Sir W.C. Lawrence), als tiefer Lapis, als «heiße Nacht bei Tage», aber gerecht wird man ihm damit immer noch nicht. Man kann ihn nur mit einem inneren Auge sehen, eine dunkelblaue Glocke mit einem fast schwarzen Loch im Zenit, wo die gleißende Sonne sitzt. Zum Rand hin heller werdend, Azur, Cölin, Marin bis hin zum Veilchenblau. Um dann mit einem geradezu gefährlichen Türkis aufzusitzen. Denn die Düne, so weiß sie sein mag, ist vergleichsweise schattig, da ihr eine eigene Strahlkraft fehlt, sie schiebt sich aus der Mulde vor das Licht, und das sieht aus, als sei es sechs Uhr abends, obwohl es zwölf Uhr Mittag ist.

«Oh, Alex!»

Die unbarmherzige Sonne.

Es sind natürlich nicht die viertausend Watt Ultraviolett aus den Ecklampen, die uns braun werden lassen, sie bräunen auch, beziehungsweise deren Widerschein von den Wänden, doch erst die große Höhensonne im Scheitelpunkt mit ihren weiteren viertausend Watt ergibt die volle Wirkung. Und die ist stark. Eine starke Körperlichkeit.

«An der Malabarküste.»

«Oh, Alex», gluckst meine Juliane glücklich, «du bist immer so verrückt.»

«Und du weißt noch nicht einmal, wie verrückt», sage ich. Das gelbe Haus ist von hier aus nicht zu sehen, auch der Weg nicht, und die aufgebrachten Leute im Dorf, die laut schreien. Was schreien sie: Mord. Mord? Das ist kein Mord, das ist eine Notwendigkeit in dieser Hitze. Und wenn wir niemanden hier sehen, kann auch uns niemand sehen, so ist das nämlich. Sie dehnt sich und streckt sich, sie dreht und wendet sich, und ich wäre der glücklichste Mann der Welt, wenn man mich nur ließe.

In dieser brütenden Hitze.

«Reibst du mich ein, Alex?»

Der Mann, der in seinem Glück schwimmt, ja, meine Schöne.

Ich verwende ein reines Hautpflegemittel, es ist zwar als Sonnenschutz deklariert, aber der Schutzfaktor ist gering (2), praktisch nicht vorhanden – viel wichtiger sind die darin enthaltenen pflanzlichen Öle, die die Haut glätten, die ihr Schönheit zuführen. Trage eine zunächst nur geringe Menge auf, verteile sie mit langen Strichen, dann trage ich etwas mehr auf, streiche und verteile in leichten Kreiselbewegungen, wie wir es gelernt haben. Das setze ich eine Weile fort, bis das Hautpflegemittel ganz aufgesogen ist. Woraufhin ich eine weitere Menge auftrage auf Bauch, Rücken, Po und Schenkel. Jawohl, auch auf die Innenseiten.

«Reibst du mich noch ein bißchen ein.»

«Ja, meine Schöne (Wunderschöne).»

Der große Ozean draußen hat jetzt seine beste Stunde. Vollkommene Windstille. Die Brandung, soweit überhaupt vorhanden, hat sich hinter den Dünen abgeschwächt, sie geht wie ein Atem, wie lange stetige Atemzüge, weit draußen aufgebaut und seidig an den Strand rollend. Vor geschlossenen Augen hellgrün.

«Mehr?»

«Mehr», sagt sie.

«Wenn ich dich hier berühre?»

– – –

Das ist nun eigenartig, sie ist nicht erstarrt, sie ist auch nicht gestorben. Sogar ziemlich lebendig geworden. Ich weiß ja, wie sie auf Sonneneinwirkung reagiert, aber so schnell habe ich es eigentlich kaum erwartet.

«Und hier?»

– – – (hier auch).

Zum Einreiben hatte ich ein Badetuch untergelegt, inzwischen wälzt sie sich aber wieder herum und ist vom Sand über und über gepudert. Lachsrot unter dem weißen Überzug, und das sieht fast nahrhaft aus. Sie lacht, dehnt sich, und wenn mich nicht alles täuscht, will sie sogar, daß sie so aussieht. Fröhlich gegart und frisch gekocht.

Ich glaube, am nächsten kommt man dem Phänomen, erklärt man es mit der körpereigenen Jahresuhr, die hier plötzlich vom November auf den Juli zurückgestellt wurde. Müdigkeitsstoffe des Gewebes werden rückverwandelt, die Muskelgifte, die Schlafgifte, das gesamte Körpergefüge wird mit Trompetenstößen aufgeweckt. Angeschwollen? Sie ist prall wie ein Bratapfel, man kann förmlich sehen, wie die Adern das Blut pumpen, wie Ströme fließen. Vielleicht doch etwas zuviel des Guten?

Der Sonnengott ist ein guter, ein pausbäckiger Gott, der die Welt mit seinem Blick in Gold verwandelt. Bisweilen ist er auch ein harter Bursche, mit einem Tigerkopf, der brüllt. In der Wüste Tarr oder auf den harten, kahlen Felshängen vom oberen Dekan. Hier unten aber an der Malabarküste hat er noch ein drittes, ein schweres Gesicht – das sollte man auch wissen –, er ist ungeheuer breit von Statur geworden, breit und schwer und alles ausfüllend, ein Koloß von einem Flußpferd, das sich auf sein Junges legt: Im Jamahatra Epos macht er sich auf den Weg, die schöne Prinzessin Jahinda zu ehelichen, und als man diese vor ihm verbirgt, erstickt er das ganze Land unter seiner Ehegabe, einem schweren, feuchtheißen Filztuch. So geschehen in Gopur.

Und das ist nicht weit von hier.

Ich werde sie jetzt an die Hand nehmen und mit ihr die paar Schritte zum Ende des Strandes gehen, man kann ja sehen, es gibt ein Ende, dort wo der weiße Sand sich im Blau verliert, und es ist sowieso zu spät, jetzt noch umzukehren. Es ist heiß. Die Sonne steht sengend gegen das schwarze Loch des Zenits, irgendwo draußen gibt es eine Erinnerung an die lange Dünung, in der sie einst ihr Tuch gewendet hatte, vor sich und hinter sich und um sich herum wie einen Fächer. Aber das ist weit draußen in einer Zeit, die nicht mehr zu erreichen ist. Hier drinnen ist die Zeit schwer geworden.

«Willst du etwas trinken?» frage ich.

Ich weiß, wie standhaft sie ist, wenn es um das Sonnenbaden geht, das haben wir zur Genüge erfahren, aber jetzt hat sie doch ihr Quantum erreicht. Sie ist purpurrot, sie glüht, sie pulsiert wie ein offenes Herz, ja, sie hat sich geöffnet, das kann man deutlich sehen. Ein Schritt weiter, und sie platzt mir auseinander.

«Du solltest etwas trinken», sage ich, «wie sollten beide etwas trinken.»

«Was ist das?»

Ich habe es in hohen (tall) Gläsern hübsch angerichtet, fruchtig grün, mit Sonnenschirmchen dekoriert. Die Bitterkeit ist durch einen Artischockenschnaps zugedeckt, man hätte auch einen Campari nehmen können, der erheblich stärker deckt, aber doch zu metallisch vorschmeckt, ich hatte das ausprobiert. Das Ganze auf gestoßenem Eis mit Maracuja-Saft aufgefüllt.

«Das ist der Todestrank, den ich uns bereitet habe, von hier aus geht es direkt in eine bessere Welt.»

«Du bist immer so verrückt, Alex», gluckst sie, nein, sie lacht silberhell, und das hätte ihr fast noch das Leben gerettet. Ich gebe ihr das hohe (tall) Glas in die Hand, das andere ist für mich bestimmt. Sie nippt und forscht dem Geschmack nach.

«Schmeckt gut, was ist es?»

«Es ist die zweite Komponente», sage ich ernst und erhebe mein Glas, die erste ist schon konsumiert:

«Auf das wundervollste aller Leben, das wir immer so sehr geliebt haben!»

– – –

Das Zeug hatte gar nicht schlecht geschmeckt, wie lange dauerte es? Eine Minute, zwei? Es sind höchstens drei gewesen, und es war auch kein Unbehagen, nur eine dröhnende Stille, eine riesengroße, laut dröhnende Nacht, und dann – – – bammm!

Unser nächstes Leben verbringen wir dann als glückliches, wenn auch bitterarmes Paar, einträchtig, ein Liebespaar, das über keinerlei Mittel verfügt außer sich selbst. Weshalb es auch keine Komplikationen gibt.

*

Als wir aufwachten, hatten sich die achttausend Watt längst von selbst ausgeschaltet – Zeituhr: maximal zwei Stunden –, wir hätten sonst beide womöglich noch schwere Verbrennungsschäden davongetragen. So kamen wir mit einem Kater davon, einem, sagen wir, etwas flauen Zustand, anscheinend hatten sich die Folgifte doch nicht als so wirkungsvoll erwiesen – wie alles in diesem halbherzigen Zeitalter. Was uns aber nicht hinderte, nach all dem Aufwand uns in dem immer noch angenehm warmen Sandbett folgerichtig, wenn auch vorsichtig, zu lieben.

Ja, man hört recht, nicht, daß es beabsichtigt war, aber auf die eine oder andere Weise haben wir uns denn doch noch vereinigt.

Ich dachte, es ginge nicht, aber es ging.

* * *

Folgende Werke von Ernst Augustin sind im Verlag C.H. Beck erschienen und im Buchhandel erhältlich

---

Romane und Erzählungen
ISBN 978-3-406-56491-8

Schönes Abendland
Roman
ISBN 978-3-406-56371-3

Goldene Zeiten
Hörbuch
Ernst Augustin liest Ernst Augustin
ISBN 978-3-406-56476-5

Badehaus Zwei
Roman
ISBN 978-3-406-55066-9

Der amerikanische Traum
Roman.
ISBN 978-3-406-54205-3

Eastend
Roman
ISBN 978-3-406-53548-2

Raumlicht: Der Fall Evelyne B.
Roman
ISBN 978-3-406-52181-2

Der Künzler am Werk
Roman
ISBN 978-3-406-55066-9

Folgende Werke von Ernst Augustin sind im Verlag C.H. Beck erschienen und im Buchhandel erhältlich

---

Die Schule der Nackten
Roman
ISBN 978-3-406-50968-1

Mahmud der Bastard
Roman
ISBN 978-3-406-51037-3

Folgende Taschenbuchausgaben sind im Deutschen Taschenbuch Verlag erschienen und im Buchhandel erhältlich:

Die Schule der Nackten
ISBN 978-3-423-13344-9

Mahmud der Bastard
ISBN 978-3-423-13590-0

Eastend
ISBN 978-3-423-13653-2

Weitere Bände in der
Süddeutsche Zeitung Bibliothek

ISBN 978-3-86615-627-2
272 Seiten

ISBN 978-3-86615-628-9
752 Seiten

ISBN 978-3-86615-629-6
160 Seiten

ISBN 978-3-86615-631-9
480 Seiten

Weitere Bände in der

ISBN 978-3-86615-636-4

ISBN 978-3-86615-633-3

ISBN 978-3-86615-643-2

ISBN 978-3-86615-632-6

Süddeutsche Zeitung | Bibliothek

ISBN 978-3-86615-634-0

ISBN 978-3-86615-635-7

ISBN 978-3-86615-645-6

ISBN 978-3-86615-646-3